「俺はエミリー様と……この国と共にある！」
Glen
グレン
鉄球王エミリー
Iron Ball Princess Emily
鉄球姫エミリー第五幕
TAMAZO YANAGI
八薙玉造
ILLUSTRATION
瀬之本久史
HISASHI SENOMOTO

「歓迎しましょう。わたくしの……
『血風姫』ヴィルヘルミーネの全てをもって!!」
Wilhelmine
ヴィルヘルミーネ

「『鉄球王』エミリーだ!!
公爵風情が頭が高い!!」
Emily
エミリー

瞳を閉じ、ロッティは強く願う。
全員が無事であってほしい。
もう一度、みんなと会いたい。
あまりに身勝手で一方的な願いだ。
神罰が下されてもおかしくないだろう。
そうだとしても、この一度だけの
奇跡をかなえてほしい。
恐れることなく、ロッティは強く願った。
Lottie
ロッティ
「私は信じています。エミリー様とグレン様を」

Hazel
ヘーゼル
「そうですね。
今だけですよね」
Angelica
アン
「お兄様……。
必ず、帰ってきてください」

「ち、ちが……！
そうではなくて、
はしたないと……！」

「なるほど。
こういうのが
好きなのか？」

Contents

鉄球王エミリー
Ball Princess
鉄球姫エミリー第五幕
TAMAZO YANAGI
八薙玉造
ILLUSTRATION
瀬之本久史
HISASHI SENOMOTO

幕間

青空を横切るものは、人など容易に押し潰《つぶ》すことができるほどの巨大な石の塊《かたまり》だった。一つではない。数十の岩が無数の矢と共に石造りの城砦《じょうさい》へ降りそそぐ。陽光に鈍《にぶ》い光を照り輝かせ、雨のように降りそそぐ矢が岩と共に、堅牢《けんろう》な城壁を打ちつける。

対重騎士兵器、攻城兵器として用いられる槍《やり》ほどの大きさもある矢が岩壁を穿《うが》ち、激突した大岩が粉々になりながらも城壁に損傷を与える。

鉄の甲冑《かっちゅう》で身を固めた兵と、それを率《ひき》いる重騎士たちが川を背にした城砦へ群がっていた。

堤防の役割を果たす人工の丘に建てられた堅固《けんご》な城砦。ラゲーネン王国北東の渡河《とか》地点を護《まも》るサウスエンド河岸要塞《かがんようさい》だ。北西、ロドン山脈に建てられたロドン山岳要塞と共にラゲーネン北方の護りの要《かなめ》と言えた。

敵を見下ろせる高台に作られた要塞から鋭い弓音が響く。降りそそぐ数百の矢が、攻める兵を撃ち抜き、足を止めた。

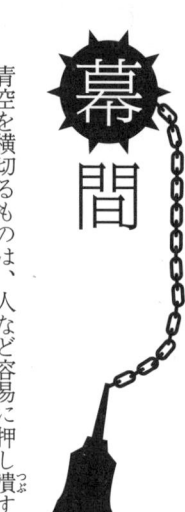

その攻防を遠くから見詰め、パーシー・ジョゼフ・ノーフォークは憂《うれ》いを帯《お》びた溜息《ためいき》をつく。

彼の視線の先にあるものは、日夜攻撃を受け続けながらも、耐え続ける、河岸要塞の姿と、それを攻囲《こうい》するヴェルンスト王国ブッフバルト公爵軍《こうしやくぐん》だ。

ラゲーネン王国ノーフォーク公爵家の次男であった男は、秀麗《しゅうれい》な眉《まゆ》をひそめ、うつむいた。

彼が乗る馬の下に一人の兵が転がっている。鉄の甲冑を纏《まと》い、戦槌《せんつい》を摑《つか》んだ若い兵士だ。その胸に、一本の矢が突き刺さっている。重騎士を相手に用いられる巨大なものではない、普通の矢だ。

血がこびりついた口は呼吸をやめ、見開かれたままの瞳《ひとみ》はもはや何も映していない。

パーシーがいる場所には敵が放った矢が届く。少年兵も運悪くそれに当たったのだろう。周囲の重騎士が危険を訴えるが、パーシーは動くことができないでいた。

「パーシー様は本当にお優しいですね」

柔らかな声が聞こえる。その声と共に、鉄が地を蹴《け》る重い音が近づいてくる。

振り向けば、そこに一人の少女がいた。戦場の喧騒《けんそう》も、時折地面に突き立つ矢なども気にすることなく、少女は穏やかな微笑をパーシーに向ける。ここが比較的後方であるとはいえ、彼女は城砦を一瞥《いちべつ》もしない。

長い金色の髪が頭の後ろで二本に束ねられ、背中に流れ落ちていた。細い髪は陽光に透き通り、ほとんど銀色に輝いて見えた。

彼女の全身は重く巨大な大甲冑に覆《おお》われている。人の体力と引き換えに、その身体能力を爆発的に強化させる鉱石《こうせき》、輝鉄《きてつ》を用いた戦闘用の鎧《よろい》だ。

兜《かぶと》には南方に生息する鳥の羽根が飾られ、両の肩当《かたあて》は翼のように広がり、籠手《こて》に張《は》り巡《めぐ》らされた輝鉄の筋は花を象《かたど》っていた。それらは本来、無骨《ぶこつ》なはずの大甲冑《だいかっちゅう》をまるでドレスのように見せている。

彼女は双戦斧《そうせんぷ》と呼ばれる特殊な長柄の大戦斧を提《さ》げている。両刃《もろは》の戦斧を、先端と、本来石突《いしづき》があるべき場所の双方に取り付けた凶悪な武器だ。加えて、跨《また》る馬は大甲冑で全身を包んだ装甲馬だ。並みの騎馬よりも大柄な身体《からだ》に重々しい鎧を纏い、両肩からは太く長い突撃用の角《つの》を突き出し、額《ひたい》を護る鎧からも長い角を生やした姿は、馬というよりも三つ首の化け物に見える。

だが、そんなものに跨ってなお、その少女、ブッフバルト公爵ヴィルヘルミーネ・ブッフバルトは大甲冑というドレスを着て舞踏会《ぶとうかい》の会場にでもいるような優雅《ゆうが》さを備えていた。

装甲馬をパーシーの隣に並べると、彼女は無造作に手を振るい、飛来した矢を払い落とす。

「ヴィルヘルミーネ様……」

ヴィルヘルミーネはそれを気にもせず、パーシーが見下ろしていた兵の遺体に目をやる。

「彼の死は貴女《あなた》が望む平和の礎《いしずえ》になるでしょう」

まだ若い兵士の亡骸《なきがら》を見て、パーシーは言う。黒髪の少年兵の姿は、パーシーが知る若い重騎士を思い起こさせる。

彼の瞳はまだ汚れていない。悲しむべきことを悲しみ、怒るべきことに対しては、ひたすらまっすぐに怒りを見せる。あまりに正しく、感情的な子供だ。それゆえに、危うさに満ちた黒髪の少年が、死んだ少年兵の遺体と重なる。

「グレン様に似ているのですね？」

「……はい」

心の奥を見透《みす》かされたようで、動揺を覚えた。もちろん、見た目は違う。ただ、若く真面目《まじめ》そうな顔つきが、弟の姿を思い起こさせていたのは確かだった。偽《いつわ》ることもできず、とっさにした返事には、かすかに反感が混ざってしまったようにも思える。

「どうして、攻囲を長引かせているのか？　そう思いますか？」

言いながら、ヴィルヘルミーネは攻撃を受ける河岸要塞と反対の方向、軍の後方を振り返る。そこには土塁《どるい》と柵《さく》が築かれていた。要塞を囲むようにあるそれらは、河岸要塞の将兵を内に閉じ込めるためのものだ。さらに、その遥《はる》か後方には野営する兵の陣が見える。そこに動く兵の数は、今、攻撃に参加している兵の数倍はある。

加えて、河岸要塞を川から攻める渡河部隊を含めれば、相当の兵力がこのラゲーネン王国北部に集結していた。ロドンの山道を越えた増援は今もなおヴェルンスト軍の数を増やし続けている。

「……はい。何故《なぜ》、ひと思いに陥落《かんらく》させ、万全の備えでラゲーネン王国軍を迎え撃たないのかと、考えはしました」

ロドン山岳要塞を落とし、ヴェルンスト王国から増援も到着した今、それは容易《たやす》いはずだ。

「確かにそのようにすれば、この包囲戦でムダに死傷者は出ないですね。パーシー様のお考えはある意味で正しいと思います」

やはり、パーシーの心中を読み取るように、ヴィルヘルミーネは言った。

「しかし、わたくしはあえて、河岸要塞を生かし続けています。加えて、暴竜鉄騎兵《ぼうりゅうてっきへい》を動かしているのは、パーシー様も御存知ですね？」

パーシーは頷《うなず》いた。先日のノーフォーク軍との戦いで、彼女が直接率いた暴竜鉄騎兵は今、この戦場にいない。彼女の命令で別の作戦に従事している。

「挑発です。河岸要塞が陥落すれば、ラゲーネン王国軍は王都にこもることを選ぶかもしれません。わたくしたちの一撃を受けたならば、なおのこと」

「兵力を保ったままのラゲーネン王国軍に対し、王都を攻める持久戦となれば……」

「さらに多くの血が流れることになります」

ヴィルヘルミーネは静かに言った。

「これが流れる血を抑《おさ》える方法」

「そうです。多くの血が流れることを、わたくしは望みません」

言い切った彼女に対し、パーシーはゆっくりと頭を下げた。

ヴィルヘルミーネの望みは理解しているはずだった。彼女は目の前で起こる死を恐れない。わずかな死で、多くの命を救えるならば、彼女は迷わない。たとえ、身近な人間が死んだとしても、顔色一つ変えないだろう。パーシーが命を落としても、彼女は動じないはずだ。

それをわかっていながら、彼女のやり方に対して、少しでも異議を唱《とな》えた自分を恥じる。

そんなパーシーの想《おも》いすらも理解しているのか、ヴィルミーネはもう一度優しく笑いかけてから、馬首を返した。

「パーシー様。ここは危険です。行きましょう」

また一本、飛んできた矢を虫でも払うように落としながら言う。

危険とは、つまり、パーシーにとって危険だというだけだ。今、飛来したものが、対重騎士用の剛弓《ごうきゅう》だったとしても、彼女を傷つけることなどできなかっただろう。

ヴィルヘルミーネと共に野営の陣へ戻る。

馬を下り、本陣である大きな天幕に足を踏み入れた。装甲侍女《そうこうじじょ》が、冷えた水を硝子《ガラス》の杯《さかずき》に注ぐと、その一つを、ヴィルヘルミーネ自《みずか》らパーシーに手渡す。

艶《あで》やかな唇《くちびる》を杯の縁《ふち》につけ、その冷たさを楽しみながら、ヴィルヘルミーネは椅子《いす》に腰かけた。

「それにしても、驚くべきは、グレン様とエミリー様です」

脱いだ兜を執務用の机に置きながら、彼女は言った。いつも笑顔を絶やさない少女だが、今は特別嬉《うれ》しそうに見える。

「グレンとエミリーが……ですか」

「ええ。本来であれば、この戦《いくさ》は終わっていたはずですから」

先日のノーフォーク軍との戦い、その直後のエミリーとの戦いを思い出しているのか、彼女は子供のように輝く目で天幕を見上げる。

「ジェファーソン軍を破り、同士討ちしたノーフォーク軍と半島軍を完膚《かんぷ》なきまでに叩《たた》き……。

あとは浮き足立った残存勢力に、降伏《こうふく》を迫るはずでした。ところが、グレン様によって、ノーフォーク軍も、半島軍も生き残り、エミリー様の予想外の動きで、わたくしは撤退せざるをえなくなりました」

籠手に包まれた彼女の手が机の上に置かれていた何かを弄《いじ》っている。それは血で汚れた首飾りだ。

「暴竜鉄騎兵《ぼうりゅうてっきへい》の……討たれたシュテフェンのものです」

いつもと変わらぬ声で彼女は言った。ノーフォーク軍との戦いで、暴竜鉄騎兵二人が命を落としている。ノーフォーク軍を半壊させた彼らを討ち取ったのは、パーシーの弟、グレンだ。

「彼らの死の原因は、わたくしの読み以上の腕を持つ重騎士、グレン様がいた、そういうことです。予想できなかった事態ではないとはいえ、愛すべき彼らを失ったことは、とても悲しいこと。だから、わたくしは彼らの存在を決して忘れません」

ヴィルヘルミーネの手の中で、遺品である首飾りが音を立てた。はめこまれた宝石も乾いた血で曇《くも》っている。

「ヴィルヘルミーネ様の名のもとにもたらされる死は、その全てがヴェルンスト王国と、ヴィルヘルミーネ様によって訪れる平和のために必要なものです」

「そのとおりです。しかし……」

ゆっくりと、彼女は首を横に振る。

「ラゲーネン王国よりも、先進的とはいえ、ヴェルンスト王国も多くの問題を抱える国です。

権力を求め、諸侯《しょこう》が無意味な争いを繰り返すことには変わりません。……わたくしも、兄弟同士での争いを……実の兄弟を謀略で貶《おとし》めるようなことをしたいとは思いませんでした」

淡々と言うが、どこか寂《さび》しげに見える気がした。

名門であるブッフバルト公爵家に生まれ、多くの兄弟に囲まれて育った彼女が、それらを押しのけ、この年齢で、なおかつ女性の身でブッフバルト公爵の座に就《つ》くまでに何があったかは考えるまでもない。ほんの少し、彼女の話を聞いたこともある。

表情に出さずとも、彼女が口だけではなく、実際に悲しんでいることがわかる。

ヴィルヘルミーネは普段、感情を表に出さない。悲しみを見せることで、哀《あわ》れみを請《こ》おうなどと、誇り高い彼女は思わないのだろう。ただ、感情を表に出すことで実益が得られるならば、それを厭《いと》わないしたたかさも、併《あわ》せ持つ。

今、ヴィルヘルミーネが感情をわずかに見せているのは、パーシーへの信頼なのか、これが実益を伴《ともな》う行為だからかはわからない。むしろ、パーシーにはどうでもいいことだ。

「ですから、わたくしは力を欲します」

心持ち強い語調で彼女は言う。

「わたくしは力を求めます。そのためであれば、犠牲《ぎせい》を恐れません。先にある平和のためならば、屍山血河《しざんけつが》を築くことも厭《いと》いません。それが平和に至るための贄《にえ》として、必要であれば」

ヴィルヘルミーネの手は遺品の首飾りを強く握り締めていた。

「パーシー様には申し訳ありませんが、ラゲーネン王国はその礎に過ぎません」

「あくまで通過点。そういうことですね？」

「はい。父が成《な》しえなかったラゲーネン王国侵攻を成し遂《と》げること。それは若輩《じゃくはい》の身であり、女でもあるヴィルヘルミーネの名を、ブッフバルト公『血風姫《けっぷうき》』ヴィルヘルミーネとして、鳴り響かせるでしょう。力ある貴族として、わたくしはそこで初めてヴェルンスト王国を……世界を変えることができます」

パーシーは気づいている。彼女の最終的な目的はブッフバルト公という立場の先にある。

「ヴェルンストに、そして、ラゲーネンに平和を。築かれる屍《しかばね》も、流される血も、全《すべ》ては未来のためにあります」

そう言ったヴィルヘルミーネの目には一切の迷いはない。

「それを成すのが。その重圧に耐えるのが、ブッフバルト公爵の……人の上に立つ者の役割」

「ヴィルヘルミーネ様……」

この考えができる人間だからこそ、パーシーは従おうと思った。ヴィルヘルミーネは悲しみを堪《こら》え、親しい者たちの屍を踏んでも先に進む心の強さを持つ。彼女には人一倍優しい心がある。だが、ヴィルヘルミーネはそれを表に出さない。

全てを背負い歩く、王の強さ。それを備えるのが目の前の少女、ヴィルヘルミーネなのだ。

初めて彼女に会い、言葉を交わした時、パーシーは自分が父に感じていた漠然《ばくぜん》とした嫌悪感の正体がわかった。そして、彼女と共に歩みたいと思った。

ヴィルヘルミーネが前髪をかき上げる。白い額《ひたい》に傷がある。小さな裂傷《れっしょう》だが、痕《あと》が残るかもしれない。

「エミリー様とは、もう一度、槌《つち》を交えるほかないでしょう」

『鉄蛇《てつじゃ》』アーチボルドとの戦いでも、ジェファーソン軍、グレンとの戦いでも一切、傷を負わなかったヴィルヘルミーネが初めて打撃を受けた。それが先日のエミリーとの戦いだ。

「敗北というものを初めて味わいました」

「実質、勝利したのはヴィルヘルミーネ様です」

「いえ。思惑のとおりに進まなかったことは初めてです。だから、こうして傷つく者が増えているのです」

流れ矢を受けて死んだ少年兵を、パーシーは思い出す。

「ロドンを落とす準備として、わたくしは何度も敗戦を繰り返しています。加えて、このたびの戦にはブッフバルト公爵家傘下《さんか》の諸侯も動員しています。今回の侵攻、失敗すればブッフバルト公爵としての地位も危ういでしょうね」

「ヴィルヘルミーネ様……」

「しかし、エミリー様とはもう一度、槌を交えたいと思います。敗北の、身震いするほどの悔しさと共に、わたくしは本気でそう考えています」

パーシーは苦笑した。

彼女にはそういうところがある。重騎士としてあまりに強過ぎるがゆえに、強敵と戦ったことがない。だから、強い敵を求めてしまう。そう言って、彼女が照れ笑いしたことを思い出す。

「しかし、貴女が感情に流されるとは思っていません」

「流されて益を得ることができるなら、流されます。年頃の娘ですから」

ヴィルヘルミーネが、少しだけ拗《す》ねたように唇を尖《とが》らせた。彼女は人間的な感情を十分過ぎるほどに持ちながら、それを制御する術《すべ》を身につけている。

「今度の戦いに失敗は許されません。わたくしは磐石《ばんじゃく》の陣を敷《し》き、ラゲーネン王国を滅ぼします」

立ち上がり、ヴィルヘルミーネはパーシーの傍《かたわ》らへ歩み寄る。

彼女は籠手を外すと、白い繊手《せんしゅ》を差し出した。

パーシーは跪《ひざまず》き、その手を取る。

小さな国の中で、意味のない殺し合いばかりを繰り返すラゲーネン王国。そして、そんな檻《おり》の中で嘆《なげ》く瑣末《さまつ》な者たち。

ヴィルヘルミーネが見ている世界、望む世界はそんなものとは違う。彼女の瞳は常に未来を、そこへ至る最良の道を見据《みす》えているのだ。

差し伸べられた手に、そっと口づけする。甘い匂《にお》いに混じり、かすかに鉄の匂いがした。それが鎧の匂いなのか、血の匂いなのかは、パーシーにはわからない。

ただ、敬愛する『血風姫』のためならば、パーシーは手段を選ばない。この身すらも投げ出すだろう。

心の内で燃え上がる熱い何かを、ヴィルヘルミーネに倣《なら》い、抑《おさ》え込む。

第一章

惨憺《さんたん》たる光景と言えた。
戦《いくさ》から帰還《きかん》したラゲーネン軍は王都近郊に駐留していた。傷ついた兵たちのうめきと、悲鳴、散々に打ち破られた重騎士《じゅうきし》たちの嘆《なげ》きと落胆《らくたん》の吐息《といき》が満ちる中を、グレンはエミリー、セリーナと共に歩く。

王都に帰還できたノーフォーク軍は重騎士十、兵力もわずか千程度しか残っていない。無論、暴竜鉄騎兵《ぼうりゅうてっきへい》の襲撃を受けて、散り散りとなってしまった戦力はあるが、それらの帰還を楽観視することなどできない。

先に帰還していたジェファーソン軍の姿もある。全軍の受けた損害は、ノーフォーク軍より少ないものの、絶望の色は濃い。わずか二十ばかりの敵、暴竜鉄騎兵に一方的に破られたのだから、無理はない。

それ以外の軍はおそらく王都の守備や、今後の反撃のために召集された諸侯《しょこう》の軍なのだろうが、数は信じがたいほどに少なかった。

無言のまま、彼らの中を歩き、三人は用意されていた馬車に乗る。

王都の町並を抜け、王宮へ向かう。普段は買い物客や商人で賑わう、大通りも静まりかえっていた。道行く人はいるが、その表情はどこか暗い。ジェファーソン軍の惨敗や、ノーフォーク軍の壊滅の話が少しずつ広まっているのだろう。隠そうとしたところで、何らかの形で情報は知れ渡るものだ。

馬車を降りたグレンたちを、一人の貴族が出迎えた。

「エミリー様！　よくぞ、御無事で！　心配で夜も眠れませんでした」

たるんだ頬《ほお》を緩《ゆる》ませ、両手を広げて、エミリーの前に立ったのは、ジェファーソン伯アルフォンス・アーサー・ジェファーソンだ。

「当然だろう。妾《わらわ》があの程度の敵に敗《やぶ》れるものか。だが、出迎えは感謝しよう」

エミリーが鼻を鳴らした。

膨《ふく》れた腹を揺らしながら、ジェファーソン伯は満面の笑みを浮かべる。恰幅《かっぷく》のよさこそ先日と変わらない。しかし、彼もまた率いていた兵同様に傷ついていた。後退した額《ひたい》には包帯を巻いている。その身体《からだ》からは香《こう》に混じり、薬草の刺激臭もある。ふくよかな顔には、疲労の色が滲《にじ》んでいた。

「まったくですな。我が軍が……恥ずかしながら、手も足も出なかった。あの暴竜鉄騎兵どもを、打ち破るとは……。さすがは『鉄球姫《てっきゅうき》』だと言わざるをえません」

「当然のことを褒《ほ》められても嬉《うれ》しくはないぞ。尻尾《しっぽ》を巻いて逃げるミーネちゃんの醜態《しゅうたい》を見せてやりたかったところだがな」

エミリーはジェファーソン伯の賛辞《さんじ》をさらりと流す。

「さらに言えばな。暴竜鉄騎兵とか言う連中を討《う》ち取ったのは妾ではない」

ニヤリと笑いながら、彼女はグレンの肩を叩《たた》く。

「奴《やっ》らを討ち取ったのは、こいつだ」

「グレン……殿《どの》が」

ジェファーソン伯の表情が一転して、曇《くも》る。穏やかだった眼差《まなざ》しに暗い感情が宿っていた。

「しかし、エミリー様。グレン殿……ノーフォーク家は……」

グレンは唇《くちびる》を噛《か》む。ジェファーソン伯の言わんとすることは理解していた。

半島軍の反乱を引き起こしたのは、グレンの兄パーシーなのだ。仇敵《きゅうてき》であるヴェルンスト王国と繋《つな》がっていた彼は、その侵攻に呼応し、国内に乱を引き起こすべく、幼王ガスパールの命を奪い、実の父ノーフォーク公ジョゼフと、兄ジェロームをも手にかけた。

この戦《いくさ》の原因がノーフォーク家にあると言われても、反論することなどできない。

エミリーに対して忠誠を誓う、ジェファーソン伯の怒りは考えるまでもない。

「ジェファーソン伯。今、糾弾《きゅうだん》すべき者が、グレンでないことは理解しているのだろう？」

彼の言葉を遮《さえぎ》り、エミリーは言った。

「しかし……。いえ、申し訳ありません」

謝罪しながらもグレンを見る目は鋭く暗い。その感情を自《みず》ら振り切ろうとするように、ジェファーソン伯は背を向けた。

「お疲れでしょう。ひとまずこちらへ」

それ以上、グレンに対しては何も言わず、ジェファーソン伯が歩きだす。グレンたちも、その後に続いた。

まだ直接、戦火に晒《さら》されていないはずの王宮だが、グレンが出撃する前とは変わって見えた。警備に立つ重騎士や兵の表情が固い。彼らの抱く危機感が伝わっているのか、使用人たちの顔からも、笑顔が消えていた。中庭を彩《いろど》る緑の芝も、陽光を浴び、輝く白亜《はくあ》の宮殿も、どこか色褪《いろあ》せて見える。

「現状報告を受けようか」

エミリーが問う。ジェファーソン伯の表情はやはり冴《さ》えない。

「エミリー様によって打ち払われた後、ヴェルンスト軍は河岸要塞《かがんようさい》の包囲を強めています」

「南へ軍を進めてはいないのだな」

「はい。しかし、私の出撃前と同じく、北方の集落への焼き討ちは継続。その範囲は徐々に広がりを見せています」

「なるほど……」

エミリーが頷《うなず》き、その額《ひたい》に巻いた包帯に触れた。先日、ヴェルンスト王国軍を率《ひき》いる『血風《けっぷう》姫《き》』ヴィルヘルミーネ・ブッフバルトとの戦いで受けた傷だ。

「焼き討ちを行っているのは、暴竜鉄騎兵どもだな」

「そのとおりです。対抗すべく、諸侯《しょこう》に軍の召集を呼びかけているのですが……」

その結果が芳《かんば》しくないことは、ジェファーソン伯の表情からも、郊外に集結した軍の規模からも容易《たやす》く想像することができた。

エミリーたちは、王宮の一室に通された。

小さな部屋には彼ら四人しかいない。武装したままの、グレンとセリーナの甲冑《かっちゅう》がやけに大きな音を立てた。

「兵が集まらない理由は考えるまでもなし……か」

腕を組み、壁に背を預けてエミリーが呟《つぶや》く。

「現在のラゲーネン王国には、諸侯をまとめる者がいません」

「例えば……グレンの親父や、ガスパールが生きていたならば……。どうしても、そう考えてしまうな」

エミリーの言葉にジェファーソン伯が複雑な表情を浮かべる。ノーフォーク公と犬猿《けんえん》の仲であり、反ガスパール派であった彼だが、エミリーの言ったとおり、彼らが生きていれば、現状にずっと明るい見通しを持つことができたことは理解しているのだろう。

グレン自身、父を失い、ガスパールの死を知り、諸侯の結束が崩壊していくさまを目にしながら、何度も夢想したことだった。ジョゼフの影響力は強く、ガスパールが王としての資質を現しつつあったことは、グレンも認めている。裏の顔を知ってから、あれほど忌《い》み嫌《きら》った父の偉大さに、彼が死んでから気づいた。

「だが、死んだ者は還《かえ》らない」

グレンとジェファーソン伯の未練を断ち切るように、エミリーは言い切る。

「王の不在……か」

表情なく言う。

「せめて、エミリー様に王位継承権が残されていれば……。いや、詮《せん》なきことですか」

エミリーは先日、王位継承権を返上している。親王派との争いを避けるためという本来の意味は、ガスパールの死で失われたが、神前での宣誓《せんせい》を覆《くつがえ》すことなどできない。

「今、第一位の継承権を持つのは、あの猿《さる》か？」

「『猿騎士《さるきし》』……エルネスト・エルマー・レイクサイド」

老いた父と共に半島軍を率いていた重騎士を思い出す。グレンは彼と槌《つち》を交えている。

ノーフォーク軍に捕らえられていた彼が、暴竜鉄騎兵の襲撃に乗じて、自領へ逃げ帰ったという報告を先日受けていた。ジェファーソン伯が敵意を帯びた視線を向けてきたのは、彼を逃がしたのがグレンだということを知っているからだろう。

「しかし、あの男では国は継げますまい。そもそも、このたびの反乱の首謀者《しゅぼうしゃ》として裁《さば》かれなければなりません。それがわかっていないほどの馬鹿者ならば、今頃は半島派の念願とばかりに王位の継承を主張しているでしょうから」

「もうひとつ。王家の遠縁の方々が継承権を主張しないのも、当然ということだな」

エミリーが吐息《といき》する。当然、エルネスト以外にも、王家の血を引く者や継承権を持つ貴族たちは存在する。

「滅亡しかねない国の王になる意味などない」

「エミリー様……!?」

ジェファーソン伯が慌《あわ》てて声を上げるが、エミリーは乾いた笑みを浮かべただけだ。彼もそれ以上、続けられない。王家からかなり離れているとはいえ、ジェファーソン伯もまた、王位継承権を持つ諸侯の一人なのだ。

「……まあいい」

彼女はゆっくりと部屋を見回す。

「すまないが、しばらくこいつらと三人だけにしてもらえるか？　戦場帰りで少々疲れている」

ジェファーソン伯がグレンを睨《にら》もうとするが、それよりも前に、エミリーの瞳《ひとみ》が冷たく彼を一瞥《いちべつ》する。ジェファーソン伯は大きく身を震わせ、慌《あわ》てて一礼した。

「失礼しました。それでは、私はこれで」

深々と下げた頭を上げ、ジェファーソン伯は部屋を後にする。

残された者は、エミリーとグレン、セリーナだけだ。

エミリーは深く腰かけたまま、もう一度大きな溜息《ためいき》をついた。言葉のとおり、本当に戦場での疲れがあるのか、他のものが彼女を疲弊《ひへい》させているのか、天井《てんじょう》を仰《あお》ぐエミリーは消耗しているように見えた。

「おい、グレン。貴様に問題だ」

難しい表情のままエミリーが問う。

「今のまま、ラゲーネン全軍を集め、ヴェルンストと……ミーネちゃんと戦えばどうなる？」

「ヴィルヘルミーネと……ですか」

冷静に考えるまでもない。勝てると言える要素がなかった。

グレンの動揺を察したのか、エミリーがチラリと視線を送ってきたが、言葉はない。躊躇《ちゅうちょ》しながらも、口を開く。

「まず、単純に敵軍の方が兵力は上です。ロドンが落とされた今、敵軍は山道から易々《やすやす》と大軍を侵入させることができます。加えて、敵には暴竜鉄騎兵がいます」

ヴィルヘルミーネ自らが率いた暴竜鉄騎兵は、わずか二十騎でジェファーソン軍を敗退させている。

「それに対して、エミリー様が先程言ったように、指導者を欠く我が軍は兵を揃《そろ》えることすらも困難です。最悪、ラゲーネン王国を見限り、敵方につくものも出るでしょう……。このままで戦えば……」

負けると言うことはできなかった。グレンは彼女を、そして、大事な者たちを護るために戦う。だから、相手が何者だろうが、どれだけの数がいようが、エミリーが戦う限り、その傍《かたわ》らで武器を振るい続けるつもりでいた。打ち倒されるつもりもなかった。

その決意を固めてなお、ラゲーネンが置かれた現状は覆《くつがえ》しようもなく絶望的と言えた。

「ならば、セリーナ」

言葉に詰まるグレンを見もせず、エミリーは傍らに控える装甲侍女《そうこうじじょ》セリーナに問う。

「戦況を不利とみて、このまま籠城《ろうじょう》を選ぶとする。なら、奴らはどう動く？」

動揺を見せたグレンと違い、赤毛の装甲侍女の表情は変わらない。落ち着いた輝きを宿した赤みがかった瞳が、ほんの少し瞬《またた》いただけだ。

「ヴェルンスト軍が、支配下に置くべき村落を焼き討ちしている理由は、ラゲーネン軍を引き出し、野戦で壊滅的な打撃を与えるための挑発だと考えます」

彼女の言うとおり、今後の支配を考えるなら、村落を攻撃する意味はない。先日、ジェファーソン軍が出撃したのも、彼らの焼き討ちを止めるためだった。

「ヴェルンスト軍は大規模かつ遠征軍です。長期戦は望まないでしょう。ラゲーネン王国軍が決戦に応じなければ、おそらく、村落や小都市への襲撃は増加すると思われます」

「奴らの狼藉《ろうぜき》は、より南下するというわけだな」

「はい。国民への被害は増大するでしょう。その上で、効果が上がらないとみれば、河岸要塞を一気に攻略し、王都への攻撃に出ると思います。確かにその時点での籠城は可能で、遠征軍である敵に対しては有効性もありますが、諸侯の士気の低下、国民、都市や村落の被害が懸念《けねん》されます」

エミリーは頷きもせずに、天井《てんじょう》を見詰めていた。苛立《いらだ》ちを感じているのか、眉根《まゆね》に皺《しわ》を寄せつつも、青い瞳は、何か遠くにあるものを見ているようにも思える。

「何度も戦に巻き込まれた土地……。そんな場所があったな」

セリーナが頷いた。不意に発せられた言葉の意味がグレンにはわからない。

「貴様と会う前の話だ」

それを察したのか、エミリーはグレンを見た。

「亡霊どもに襲われた妾《わらわ》を助けたのはマティアスたちだけではない」

「え？」

エミリーはグレンと出会う前、黒い大甲冑《だいかっちゅう》を纏《まと》う暗殺者、亡霊騎士たちに襲われている。その戦いの中で、彼女は親しい家臣《かしん》たちを失っていた。グレンの師であり、ラゲーネン最強の重騎士と謳《うた》われた『盾《たて》』のマティアスも犠牲になった一人だ。

彼らの最期《さいご》に関しては断片的に聞いていたが、それ以外にも、エミリーを助けた者たちがいるという話は初めて聞いた。

「それは誰なんですか？」

「おもしろい奴らだ」

それだけしか言わず、エミリーは懐かしむように目を細める。

「まあ、恩ぐらいは返しておくか」

言いつつ、苦笑する。そこに不快感はない。

「単純な話だ。グレン。妾は自分で思っていた以上に、欲深いらしい。酒池肉林《しゅちにくりん》だけでは足りないようだ」

自分自身に呆《あき》れるように言いながら、彼女は席を立つ。透き通った青い瞳が、グレンの目をまっすぐに覗《のぞ》き込んでいた。

「さあ。もうひとつ問うぞ、グレン。この状況の中、ラゲーネン王国をまとめるにはどうすればいい？」

「それは……」

力強い目の光にたじろぐが、エミリーは構わず言葉を重ねてくる。

「ガスパールが死に、貴様の父、ノーフォーク公も死んだ。今、諸侯をまとめる力を持つのは、マティアスの息子、公爵位《こうしゃくい》を持つベレスフォード公、名門であるジェファーソン伯ぐらいしかいない。だが、ベレスフォード公は若い。ジェファーソン伯はあの性格で、敵が多過ぎる。加えて、呆《あき》れたことに親王派、反ガスパール派の確執《かくしつ》はいまだ根深い」

全てエミリーの言うとおりだ。今、この国には諸侯をまとめられる者がいない。宣誓式の結束は既《すで》に崩れてしまっている。

「せめて、ガスパール様が……」

言いかけて失言に気づく。そんなことはわかりきっていた。

「そうだな。妾も心からそう思う」

「すいません……」

「構わんさ。それが事実だからな。妾だって、ずっとそう思っている」

詫《わ》びようとした言葉を遮《さえぎ》ったエミリーの顔は、悲しみを帯びつつも、優しく見えた。

彼女はうつむき、少しだけ息を吐く。

「さて……！」

強く言うと、勢いよく顔を上げた。

エミリーの唇の端が上がる。不敵とも言える笑みを浮かべ、吊《つ》り上がった眉の下、青い瞳が悪戯《いたずら》をする時と同じ輝きを見せていた。

「セリーナ！　ラゲーネンの諸侯全てに書状を送れ。何をおいても今すぐ、この王都に集結するようにと！」

振り下ろした手が机を叩く。

「無論、出兵の準備を整えた上でだ。その上で、書状にこう書いてやれ『召集に応じない者は、ラゲーネン王国に対し、叛意《はんい》を抱くものと判断する』と！」

「な……!?　そ、それは！」

「わかりました。すぐ書状を用意します」

止める間もなく、セリーナが従う。

エミリーはいつものように腕を組んでいた。不敵な笑顔のまま、言い放つ。

「退くわけにはいかん。そんなことは妾自身が一番わかっている！」

一切の迷いを感じさせない力強い言葉に、グレンは止めることができなくなる。

「遺志《いし》を継ぐわけでも、誰かに従うわけでもない！」

『鉄球姫《てっきゅうき》』の瞳が、グレンをじっと見詰めていた。

「グレン。やるぞ。ついてこい」

有無《うむ》を言わせない命令が下された。

彼女の目には先程まで感じさせていた弱さすらも見えない。

何をする気なのかはわからない。おそらく、ノーフォーク家襲撃以上の危険な手を打つ気だろう。護衛騎士として、それなりの時間を共に過ごしてきたからか、そういう表情をしていることには気づく。

グレンは、エミリーを含め、大切に思う者たちを護る。エミリーもまた、自分の手が届く者たちを護ろうとしている。なら、彼女と共に歩むのはグレンの役割だ。

「はい。お供します」

グレンもまた迷いなく応えた。

◆
◆
◆

数日を待たず、諸侯は王都に集まった。

その日の朝、エミリーは純白のドレスに身を包んでいた。ガスパールと共に臨《のぞ》んだ、あの宣《せん》誓式《せいしき》と同じ装いだ。

諸侯の召集を待っていた間、エミリーは多忙を極《きわ》めていた。到着した諸侯への対応や、軍の編制に走り回った上、調練にも参加している。睡眠時間が極度に少ないことは、その傍らで護衛していたグレンたちが一番よく知っていた。

しかし、金色の髪をなびかせて歩くその横顔に、疲労は見えない。いつになく真剣な面持《おもも》ちで、脇目もふらず、彼女は諸侯が集《つど》う広間へと向かう。

その腰にはいつものように白いドレスには似合わぬ護身用の戦槌《せんつい》が揺れていた。

彼女の背後にはセリーナが控えている。昨夜の護衛番だったセリーナは、大甲冑《だいかっちゅう》を身に着けていない。王宮の侍女《じじょ》が着る濃紺《のうこん》の服に身を包んだ彼女だが、やはり腰にはエミリー同様護衛用の戦槌が吊《つ》るされている。

エミリーを後ろから護る形で、グレンは廊下《ろうか》を行く。

グレンは完全武装していた。腰には投擲具《とうてきぐ》と、予備の戦槌を提げ、その両腕は小型の盾《たて》と一体化した鎧通《よろいどお》しで覆《おお》われている。城の中にも拘《かかわ》らず、兜《かぶと》はかぶっていた。輝鉄《きてつ》を重点的に集中させた兜の力で彼の五感は鋭さを増す。

グレンの大甲冑は応急処置こそ施《ほどこ》されているものの、前《さき》の戦《いくさ》での損壊が痛々しいありさまだった。竜を模《も》した兜の角《つの》は削り取られたままで、胸当ては補修したものの、歪《ゆが》みが残る。グレンの身体自体、エルネスト、ヴィルヘルミーネとの戦いで受けた傷が治りきっていない。罅《ひび》の入った肋骨《ろっこつ》が鈍《にぶ》く痛む。打撲《だぼく》を受けた部分が、何カ所も青黒く腫《は》れている。

「姫様。私も御一緒してよいのですか？」

エミリーに従いながら、セリーナが尋ねる。宣誓式に彼女は同行しなかった。セリーナはエミリーの側近ではあるが、その身分はあくまでただの侍女だ。

「妾《わらわ》が認める」

「わかりました」

セリーナは簡潔に応えた。ただ、その表情にはかすかに戸惑いが感じられる。常に沈着冷静な彼女とて、緊張することはあるのかもしれない。無表情な彼女の感情の機微《きび》を読めるようになったことを喜びつつも、その原因がエミリーを置いて出陣したことを糾弾《きゅうだん》されたことだったというのに、多少抵抗を覚える。

あれから、セリーナとはまともに話すことができていない。彼女が無口だということはあるが、グレンを見る目にはまだ険しさが残されているように思える。

エミリーはセリーナを連れていく理由を話さない。そもそも、諸侯の召集を命じてから、エミリーはそれに関わる話をしていない。彼女が執務《しつむ》と調練に忙殺《ぼうさつ》されていたことはあるが、わずかに空《あ》いた時間も、彼女とは他愛《たわい》もない話を少しした程度だ。部屋を訪れたロッティとももも、いつものようにからかわれたことぐらいしか記憶にない。

ただ、戯《たわむ》れの合間に、エミリーの表情に強い意思を感じたのも確かだった。

エミリーは何かを心に秘めている。もしかすると、セリーナを伴うということは、長く彼女に付き従い、二度にわたる亡霊騎士の襲撃を共に生き延びた親友に、自分を支えてほしいという意思の表れなのかもしれない。同じ護衛でありながら、まだ一年もエミリーと共にいないグレンにはできないことだ。

そんなことを思いつつ、セリーナの後ろ姿を見ていると、振り向いた彼女と目が合った。赤茶色の瞳に、心の中を読まれたかのように感じ、肩を跳《は》ねさせるが、セリーナはすぐに前を向いた。

彼女の右腕は先程から動いていない。そこには亡霊騎士の襲撃から、彼女を護り受けた傷跡がある。片方の腕の機能を失いながらも、彼女は変わらずエミリーに従っている。

エミリーの足が止まった。眼前には広間の扉がある。宣誓式の翌日、ガスパールとジョゼフが死んだ朝、諸侯の心がバラバラになったことを目の当《ま》《あ》たりにした場所だ。パーシーがジョゼフ暗殺を半島派貴族の犯行だと訴え、半島軍内乱のきっかけとなり、罪のない多くの命を失う原因となった部屋でもある。

「グレン様」

重い足取りを察したのか、セリーナが声をかけてきた。気遣《きづか》うというよりも、叱責《しっせき》に近い。軽く頷《うなず》き、余計な考えを追い払う。エミリーが何を企《たくら》んでいるのかはわからない。だが、彼女がここに来た理由だけはわかっている。彼女は自分の大切なものを護るために、諸侯を集め、ここに来た。

広間を護る重騎士たちによって、扉が開かれた。

エミリーとセリーナに続き、足を踏み入れる。

白い床にある巨大な白いテーブルは、あの時と変わらない。そこには、やはり変わらず、互いに反目《はんもく》を繰り返す諸侯の姿があった。交わされる視線には敵意が満ち、貴族とは思えない罵《ば》詈《り》雑言《ぞうごん》、呪詛《じゅそ》にも似た皮肉の応酬《おうしゅう》が聞こえてくる。

気が遠くなるほどの失望を覚えた。

脅迫《きょうはく》に近い召集令状を用いたにも拘《かかわ》らず、集まった諸侯は、先日の会議の時よりも少なかった。もちろん、エミリーも書状にしたためた言葉のとおり、応じなかった者が王国に対して叛《はん》意《い》を抱いているなどとは考えていない。ここに来ていない者はある意味、当然の選択をしているだけなのかもしれない。勝ち目の薄い戦いに参加するぐらいならば、無傷のまま、あるいはどちらとも言える曖昧《あいまい》な返答をしつつ、機を見てヴェルンストへ降伏しようと考えていてもおかしくはない。

ただ、エミリーやジェファーソン伯、ノーフォーク家の重騎士たちが不利を承知で、必死で戦ったことを思うと、苛立《いらだ》ちは抑《おさ》えられない。この期《ご》におよんで、互いに手を取り合おうともせず、利益のみを貪《むさぼ》ろうとする諸侯の姿には、憎しみすら覚える。

本来、ラゲーネン国王が位置するべき、上座《かみざ》がぽっかりと空いていることが、ラゲーネン王国が置かれた現状を冷酷に示しているように感じられた。

その肩をエミリーが軽く叩く。

「エミリー様？」

「お前たちは妾の後ろにいろ。それだけでいい」

応えを待たず、彼女は諸侯の前へと歩み出る。揺れる金色の髪の向こう、エミリーの顔には表情がない。

諸侯の前に歩を進めたエミリーは、迷うことなく王が立つべき場所に立つ。ガスパールの死により空席となっている上座に当たる席だ。

どよめきと、困惑の声が諸侯の口から漏れた。緊張した面持ちのジェファーソン伯もまた、エミリーの突然の行動に驚きを隠せないでいた。

彼らの中に、見覚えのある男がいる。ほっそりとした身体を砂色の外套《がいとう》に包んだ青年、グレンの師、マティアスの実子、ベレスフォード公爵《こうしゃく》マーティン・マティアス・ベレスフォードだ。驚きを見せる諸侯の中、彼は感情を宿さない瞳で、じっとエミリーを見詰めていた。

「ラゲーネン王国第一王女、エミリー・ガストン・ラングリッジだ。今回の召集に応じてもらったこと、心からありがたく思う」

挨拶《あいさつ》もそこそこにエミリーは淡々と告げた。諸侯の反応は芳《かんば》しくない。そもそも、脅迫《きょうはく》に近い書状を受けた時点で、敵意を抱いているのか、露骨《ろこつ》に嫌悪感を示す者もいる。だが、それらを予測していたのか、最初から気にするつもりもないのか、エミリーに動じた様子はない。

「さて。まず諸侯に報告しよう。先日の反乱。既に耳にしている者も多いと思うが、あれは全てノーフォーク公ジョゼフの息子、パーシー・ジョゼフ・ノーフォークによる姦計《かんけい》だった」

広間がかすかにざわめく。既に周知の事実となっていたのか、驚きは少ない。彼らが口にするのは、エミリーの背後に控えるグレンへの怨嗟《えんさ》の声だ。

「その弟が何故《なぜ》、そこにいるのですか？　売国奴《ばいこくど》の弟が」

「よくも顔を出せたものだな。恥知らずのノーフォークが！」

「王を殺し、父を殺して、次は誰を殺す気だ！　この国か！」

憤《いきどお》り、口々に叫ぶ諸侯の中、ジェファーソン伯は黙り込んでいる。複雑な表情だが、グレンに対する嫌悪は消えていない。それらをベレスフォード公がどこか冷めた目で眺めていた。

グレンは何も言えないまま黙り込むほかない。彼らが言うことは正しい。

ラゲーネン王国を裏切ったパーシーの弟であるグレンは、裏切り者の一族であることに違いはない。本来なら、ここにいるべき人間ではない。

「ノーフォーク公は本当に害悪でしかなかったな。奴があんな卑劣漢《ひれっかん》を育て上げた」

「いやいや。実のところ、ノーフォーク公も、裏切っていたのかもしれませんぞ」

「なるほどな！　寝返ろうとしたところ、自分が寝返られたと！　笑えぬ冗談ですな！」

パーシーに裏切られ、殺されたはずの父までもが非難されていた。

握り締めた拳《こぶし》が震える。

その中には、生前の父と懇意《こんい》にしていた諸侯の姿もある。媚《こ》びへつらい、父の言うことに従い続けていた男たちが、今は掌《てのひら》を返し、父を悪し様《あざま》に罵《ののし》っていた。

グレン自身は確かに何と言われてもしかたがない。だが、やり方に問題があったとしても、この国を思い、志半《こころざしなか》ばに命を落とした父が貶《おとし》められていることに、自分でも驚くほど、怒りが湧《わ》き上がる。

「この……！」

叫ぼうとしたグレンの前に白い掌が突き出された。諸侯たちの姿を覆い隠すように広げられた手はエミリーのものだ。

「エミリー様……」

エミリーは応えない。彼女はいまだ非難の声を上げ続ける諸侯の言葉をじっと聞き続けている。

「いや。エミリー様がここにその男を連れてきたのは、罪を裁くためかもしれませんぞ」

「ははあ！　なるほど。この場で処刑とはいかにも『鉄球姫《てっきゅうき》』！」

「だが、処刑するならば、レイクサイド侯爵《こうしゃく》の息子……あの猿《さる》もだ！」

諸侯の非難はいつしか、反乱を指揮したレイクサイド侯の息子、『猿騎士』エルネストにも及んでいた。

「殺してしまえ！　所詮《しょせん》、半島の猿。利用されずとも、頭の悪い獣《けもの》は飼い主にも牙《きば》を剝《む》く」

「逃がしたのが、ノーフォーク公の息子とはまた……」

「ということは、そちらとも繫《つな》がっていたのでは？」

「まとめて処刑でよいのではないでしょうか？　エミリー様！」

嘲笑《ちょうしょう》すらも混じった声に、やはりエミリーは応えず、無表情に彼らを見ている。

諸侯の怒号が頂点に達しようとした時、突如《とつじょ》、広間の扉が打ちつけられるような大きな音を立てた。

一瞬の静寂《せいじゃく》の後、諸侯の視線が扉へと集まる。外で何か騒ぐ声が聞こえたが、すぐに静かになった。

静まりかえった広間には不安げなざわめきだけが残される。護衛騎士《ごえいきし》たちが主《あるじ》を護《まも》るように立ち、彼らの間に殺気と緊張が満ちる。

「こいつはこいつは……。気まずいところに来たもんですなあ」

聞き覚えのある声がした。

叩きつけられるように扉が開かれる。

扉を護る重騎士を押しのけるように一人の男が立っていた。

逆立てられた黒髪と、牙のような犬歯《けんし》を覗《のぞ》かせた獰猛《どうもう》で挑発的な笑み。胸元が大きく開いた服で長身を包み、腰には獣《けもの》の皮を巻きつけている。王宮の、しかも、公式の会議の場にいる人間とは思えない。

「貴様は……!? エルネスト・エルマー・レイクサイド!」

誰かがうめいた。

人を小馬鹿にしたような眼差しを返し、現レイクサイド侯『猿騎士』エルネストが広間へ足を踏み入れる。

「止まれ! 貴様」

「うるせえよ。どいてろ」

摑《つか》みかかろうとした貴族の一人を軽くはね飛ばし、護衛騎士たちが殺気立つ中、エミリーの前に歩み出る。

よく見れば、彼は全身に傷を負っていた。露出した肌には包帯が巻きつけられている。湿布《しっぷ》でも貼《は》っているのか、生臭《なまぐさ》い匂いが香油と混じり合い、妙な香りが漂っていた。顔も、あちこちが青く腫《は》れ上がっている。グレンとの戦いに敗《やぶ》れ、捕らえられ、受けた傷だ。

それでも、彼の動きに淀《よど》みは感じられない。

諸侯がよこす殺意をも帯びた視線にも、言葉にも動じず、彼はエミリーの前で胸を張る。

「よお！　エミリー様！　本日は御機嫌麗《うるわ》しゅう！」

「元気そうで何よりだな。『猿騎士』。召集に応えたことに、礼は言わんぞ」

エミリーとエルネストの視線が正面からぶつかる。

「そのぐらい言えよ。形だけでいいからよ。まあ、いいけどな」

腫《は》れた顔をさらに歪《ゆが》めて笑う。

「さて、エミリー様！　本日は俺、レイクサイド侯エルネスト・エルマー・レイクサイド。公式に謝罪に上がりました」

「謝罪だと！」

「貴様、そんなもので済むとでも思ってるのか！」

諸侯が声を上げたが、エルネストは手を振ってみせただけだ。

「馬鹿どもの言うことも、社交辞令もどうでもいい。本題に入るぜ」

エルネストが大きく息を吸い込む。

「エミリー様！　このエルネスト！　パーシーの姦計《かんけい》に踊らされたことを恥じ、猛省すると共に、我らにはラゲーネン王国への叛意などなかったことをここにお伝えします！　また、陳謝《ちんしゃ》いたします！」

包帯を巻いた胸を張ったまま早口で言い切った。

「そして、その証《あかし》として、ここに宣言しましょう。私、レイクサイド侯エルネスト・エルマー・レイクサイドはここに王位継承権第一位の権利を返上します！」

獣《けもの》じみた声が広間に響き渡り、一瞬だけ、諸侯の声が止まる。

「まあ、だから、許してやってくれ」

諸侯を見渡し、舌を出して笑う。

「し、信じるものか、そんな理屈が！」

「今更、貴様に継承権などが残されていると思うな！　捕らえろ！」

殺気立った諸侯が怒りを噴《ふ》き上がらせた。

そんな中で、エルネストは平然とエミリーと向き合っている。

ノーフォーク家も、レイクサイド家も根絶《ねだ》やしにするべきだと、声が飛び交う。醜《みにく》い侮蔑《ぶべつ》は、故人である老レイクサイド侯にまで向けられていた。

彼らの言うことはおおむね間違っていない。今更何を言ったところで、グレンの一族が犯《おか》した罪は消えず、ラゲーネン王国へ反旗《はんき》を翻《ひるがえ》したエルネストや半島派諸侯が許されるはずもない。

確かに、王位継承権が返上されることで、半島派と王国派の対立軸は形の上で消滅するが、それは反乱を起こした半島派諸侯や、エルネストを処刑してもある意味では同じことになる。

その声の中で、エミリーやベレスフォード公だけは平静を保っていた。

「やれやれ……。なんだ？　今からヴェルンストにつくのは分が悪かったか？　小僧」

特に大きな声を出したわけではないが、エミリーの問いかけは諸侯の怒声の中に、やけにはっきりと通る。突然の言葉に、諸侯が声を止めた。

「御戯《おたわむ》れを。俺は生まれた日からラゲーネン命ですから。あと、俺はてめえより年上だ。小僧呼ばわりするんじゃねえよ」

臆面《おくめん》もなく言ったエルネストに、エミリーが喉《のど》の奥でククと声を立てた。

「で、これが正解なんだろうが」

「妾《わらわ》の心を読んだつもりか？　さすがは猿だ。身のほどをわきまえることを知らん。小僧から格下げして、子猿と呼んでやる」

エミリーとエルネストの会話がグレンには理解できない。二人の間に通じるものがあるのか、あらかじめ何かを打ち合わせていたのか、それとも心を読み合っているのかはわからない。

エミリーが吐息する。

動きとも言えない小さな仕草だが、それを見た時、グレンは理解できないながらも、彼女が何かを仕掛けようとしているのを悟った。

「貴様が来ずとも、妾は仕掛けていた。その判断で命拾いしたのは、貴様だ。子猿」

「こりゃまあ……。へへ」

『猿騎士』がこの広間に来て、初めて頭を下げる。

そんなものを目にも入れず、エミリーは大きく一歩を踏み出した。

彼女とエルネストの行動を理解できず、ざわめいていた諸侯の視線がエミリーへと集まる。

エミリーはいつの間にか笑っていた。彼女の顔に浮かぶのは満面の笑みだ。ただし、それは唇の端を吊り上げた不敵極《ふてききわ》まりない笑顔だ。敵に対して牙《きば》を剝《む》き、これから食い破ろうとする戦闘的な笑みだということを、グレンは知っていた。

背筋を伸ばし、胸を張り、それを強調するように腕を組む。

「諸侯の申し出、よくわかった。ラゲーネン王国への皆の心、しかと承《うけたまわ》った」

赤い舌が唇を一度舐《な》める。

「ところで……だ。ここには、王位継承権を持つ者がいるな。エルネスト殿はもう捨てているからよいとして……。現在第一位はウィンフィールド伯か。繰り上がりおめでとう。第四位シルバーロック子爵《ししゃく》。ああ、ジェファーソン伯も十二位になったな。その程度しか集まっていないのは悲しいところだが……。まあ、見落としてる分はどうでもいい。自分で主張してくれ」

笑顔のまま、彼女は広間を見回す。彼女が何を言い出したのか理解できない諸侯の中で、数人の貴族をエミリーはじっと見詰めている。エミリーの言葉どおり、彼らは王家の遠縁の貴族たちだ。続けざまに王位継承権が失われ、第一位に繰り上がったウィンフィールド伯は、今更それに気づいたとでもいうのか、ポカンと口を開けている。ジェファーソン伯を含め、他の諸侯の反応も似たようなものだ。

「じゃあ、貴様ら全員、王位継承権を放棄しろ。今すぐにだ」

開いていた彼らの口がさらに大きく開いた。諸侯のざわめきが止まる。

エミリーが何を口にしたのか理解できないとでも言うように、唖然《あぜん》としたまま、目を瞬《しばたた》かせている者や、椅子からずり落ちた者すらいる。グレン自身、膝《ひざ》から崩れ落ちないでいることがやっとだった。すぐ横を見れば、セリーナがポカンとしているという珍しい光景まで目の当たりにすることができた。エルネストなどは余裕の笑みを浮かべようとして、顔を引きつらせていた。

「なんだ貴様ら。無礼だろう？　その阿呆面《あほづら》は。ラゲーネン国王に対して」

馬鹿にしたように、諸侯を見下し、鼻で笑う。

呆気《あっけ》に取られたまま、諸侯は声を発することができないでいた。

その中で、ゆっくりと立ち上がった者がいる。砂色の外套《がいとう》を引き上げ、撫《な》で上げた茶色の髪を手で正しながら立ち上がったのは、ベレスフォード公だ。彼は深く息をつき、ようやく口を開く。

「エミリー様。貴女《あなた》は何を口にしているか、理解しているのですか？」

その声は固い。

「国王とは誰のことです？　ウィンフィールド伯らに、王位継承権を捨てろとは、どういうことですか」

「貴様、阿呆《あほう》だろ。よくそれで、マティアスの息子が務まるな」

当然のように言うエミリーに、ベレスフォード公の表情が凍りつく。

「国王とはエミリー・ガストン・ラングリッジ。つまり、妾のことだ。王位継承権を捨てろというのは、『貴様らには国を任せられないなあ。じゃあ、しかたない。妾がやってやるかあ』……ということだ。決まっているだろ？」

「ふざけるな!!」

「決まっているわけがないだろうがっ！」

誰が叫んだものかわからない。怒りの声が炸裂《さくれつ》する。

「我々をなんだと！」

「そんな戯言《ざれごと》、まかり通るわけが……！」

「なら、誰が王位に就《つ》くっ!!」

エミリーの足が床を踏み叩き、諸侯の怒りを上回る怒号が響き渡る。

「な、何を……！」

「黙れっ!!　喋《しゃべ》れば殴る!!」

まだ何か言おうとした貴族を一蹴《いっしゅう》し、エミリーは一方的に続ける。

「こちらこそ問いたいことがある！　何故、ヴェルンストの侵攻を受けている今、対ヴェルンストの兵がここに集結していない！　召集の命令は送りつけたはずなのにだ！　貴様らもわかっているだろ!!」

金髪を振り乱し、拳《こぶし》を振りながらエミリーは激昂《げっこう》する。

「王が……！　貴様らを率いる者がいないからだ!!」

テーブルを殴りつけ、声の限りに叫ぶ。

「そして、今、王に相応《ふさわ》しいものは誰か？　貴様らを率いるのは誰か？　ヴェルンストの攻撃をただ一人、唯一《ゆいいつ》打ち払った者に決まっている!!　それは誰か!!」

エミリーは己《おのれ》の親指で自分を指し示し、獰猛《どうもう》に笑う。

「妾だ！　『血風姫《けっぷうき》』とかほざく、ヴィルヘルミーネ・ブッフバルトを打ち払った、この『鉄《てっ》球姫《きゅうき》』エミリーだ！　異論があるのか!!」

彼女に気圧《けお》され、一瞬、諸侯の抗議が止まる。しかし、それはこれまでに倍する怒号を呼び覚ました。

「な、何を根拠に！」

「不可能だ！　エミリー様は既に王位継承権を返上している！」

「神への誓いを破ろうというのか！」

「我らが父への侮辱《ぶじょく》だ！　許されるはずがない！」

当然の反応と言えた。エミリーは大司祭《だいしさい》立ち会いのもとで、王位継承権の返上を公式に宣言している。今の彼女はラゲーネン王国の王位を継《つ》ぐ権利を持たない。

「いや……。待て」

不意にジェファーソン伯が声を上げた。その顔は驚愕《きょうがく》に染まっている。これまで沈黙を保っていた彼のただならぬ様子に、諸侯が目を向ける。

「全ての王位継承権が失われれば……」

誰かに語りかけるわけではなく、自分自身の考えを確かめるように呟《つぶや》いた。薄くなった頭から、たるんだ頰《ほお》へと汗が一筋流れ落ちる。

「それが何を……」

問おうとした貴族の表情が固まった。

「そうか……！」

　誰かが声を上げる。

「現在のラゲーネン王国はラングリッジ家によって築かれた……言わば、ラングリッジ王朝。継承者が全て失われれば、その王朝は途絶《とだ》える」

　王朝が絶えるのは、古代より、珍しいことではない。神より諸侯と民《たみ》の統括《とうかつ》を許された王族はその血筋を絶やさぬように最大限の努力を果たす。それでも、他国の侵略や、権力闘争、様々な理由から血筋が絶えることはある。ラゲーネンにおいての現在の王位の継承権とは、ラングリッジ家の血筋によるものだ。継承権を持つ者とはつまり、多かれ少なかれ、ラングリッジ家と姻戚《いんせき》関係にある者たちのことを言う。

「王朝が途絶えても、国は滅ばない。その存続のために、新たな王が選ばれる」

　当然のことを確かめるように、誰かが言った。

　無論、そういう場合、王位を巡《めぐ》り、多くは国が乱れることになる。

「新たな王を選ぶならば……」

「そのとおりだ！」

　エミリーが誇らしげに胸を張る。

「妾が王になってやる！　喜べよ、貴様ら！」

「詭弁《きべん》だ！」

「そんなことが許されるわけがない！」

「それ以前の問題だ！　貴女の言っていることは国を滅ぼすのと同じ意味だ！」

当然のように非難の声が上がった。

「ガスパール様まで続いてきたラゲーネン王国の歴史！　それを蔑《ないがし》ろにするおつもりか！」

「これは歴代の国王と、この国に対する最大の侮辱《ぶじょく》ですぞ！」

激昂した諸侯の数人が詰め寄ろうとする。

「……阿呆め」

ボソリと呟《つぶや》いたエミリーの横顔に怯《おび》えの色はない。

「どうしようもない阿呆だな！　貴様らは!!」

叫び、テーブルに拳を叩き込んだ。素手《すで》にも拘《かかわ》らず、巨大な机が揺れ、詰め寄る諸侯が、射《い》竦《すく》められたかのように足を止める。

「あ、阿呆とは……!?」

「いくらエミリー様とはいえ、無礼……」

「阿呆は阿呆だ！　阿呆！　阿呆っ!!」

断言された諸侯の顔が怒りに染まる。だが、彼らが言おうとした言葉を叩き潰《つぶ》すように、エミリーが怒鳴りつける。

「ラゲーネン王国の歴史？　そんなもの、一度絶えているだろうが！　ヴェルンストに滅ぼされたこの国が、エミリー一世と、当時の諸侯……貴様らの先祖によって再生されたことは周知の事実！　知らぬとは言わせん！」

事実、古ラゲーネン王国と言われる時代、ラゲーネン王国はヴェルンストの侵略を受け、国土を失い、滅亡している。現在のラゲーネン王国は、植民都市のあった半島に改めて築かれた国だ。新しいラゲーネン王国は、全盛期の国土と比べれば十分の一にも満たない小さな国に成り下がっている。

「で、ですから、その、新たなラゲーネンの歴史のことを、我々は……」

「一度、絶えたものが蘇《よみがえ》ることを認めぬなら、それこそがこの国の歴史の否定にほかならない！　ラゲーネン王国は不屈！　不滅！　妾たちの心が折れぬ限り、蘇る。それはエミリー一世が、歴史が証明している！　そんなこともわからないのか！」

エミリーの手がもう一度、テーブルを打つ。

諸侯の顔から、血の気が引いていく。

復国の女王、エミリー一世が再建したとはいえ、この国の歴史が一度の滅亡を経《へ》ていることは否定できない事実だ。

「この国を成り立たせているものは何だ？　血筋か？　ここにいる諸侯たちか？　確かにそうだ。お前たちが、そして、妾の祖先がいたからこそ、エミリー一世は、この国を再び立ち直らせた」

後ずさろうとした諸侯がエミリーの一瞥《いちべつ》で足を止める。

「だから、必ずしも妾が王になる必要はない。この国はここにいる者全てで成り立つのだ。相応《ふさわ》しい者であれば、誰が王となっても構わない」

一転して、静かな声で言う。

「だが、不思議だな。そのはずが。貴様らのように、国を憂《うれ》う忠節の士がいるはずにも拘らず……」

先刻まで怒鳴り散らしていた諸侯たちが黙り込んでいた。

彼らを見回すエミリーの瞳が静かな怒りに燃えていることに、グレンは気づく。

「どうして誰一人、その責を果たそうとする者がいない！　何故、玉座《ぎょくざ》が空いたままなのだ！　この国難に、その者は……妾よりも王に相応しい者が、何故立ち上がらない！　答えられる者はいるか！　答えてみろ!!」

言い返そうとする者はいたが、言葉に詰まる。声に出せず、歯を食《く》い縛《しば》る者もいた。

「妾に呼び出されるまで、兵も出さずに引きこもっていたのは誰だ？　いまだ、この場に姿を見せない奴らは何を考えている？　何故、ジェファーソンはほぼ単独でヴェルンストに当たることになった！　ノーフォーク軍に加勢する者が増えれば、レイクサイド侯らも反乱を断念したかもしれん。何故、貴様らは動かなかった！」

「いい加減にしてもらいましょうか！　エミリー様」

エミリーの剣幕に押し切られていた諸侯の中から一際《ひときわ》よく通る声が響いた。叫んだのはベレスフォード公だ。いつもは、冷静な面持ちを崩さない彼が、珍しく感情を露《あらわ》にしていた。

「貴女の言うことはある意味で正しい。だが、それは貴女がラゲーネンの国王となることには結びつかない」

高ぶる感情を努めて押し殺しながらも、その語調はいつになく荒い。

「そして、断言する。貴女は王に相応しい人間ではない」

ベレスフォード公の言葉に、エミリーの瞳が怒りをみなぎらせるのが見えた。

「ほう！　その根拠はなんだ。ベレスフォード公」

「貴女はガスパール様が御亡くなりになった時、この国を見捨て、逃げた。全てを放棄し、感情に流され、我々のもとから姿を消した。こもっていたのは貴女だ！」

撫《な》でつけた髪を苛立《いらだ》ちのままかき上げる。ベレスフォード公の言うことは正しい。ガスパールが死んだ時、悲しみに打ちひしがれたエミリーは全てを放棄し、悲嘆《ひたん》に暮れた。ヴェルンスト軍が北方に迫りつつあるというのに、何もしようとしなかった。この広間に、彼女だけは姿を見せなかったのだ。

「それだけではない。貴女はそれ以前にも逃げている。ガスパール様が王位に就いた時、姉として助けるべき王の側を離れ、貴女は辺境へ逃げ去った。我が父の手引きといえども、その罪は貴女にもあるはずだ！」

ベレスフォード公の整った顔が歪《ゆが》んだ。エミリーが王都に着いた時、彼は顔色も変えずに出迎えた。父であるマティアスの死に関しても、当然のことだと冷静に応じた。かつてのエミリーの穏やかで幸せな日々は、たとえ、権力闘争の場から逃れるためといえども、マティアスの息子からすれば、ただの逃走でしかなかったのだ。

グレンはベレスフォード公が見せた憎しみとも怒りともつかない感情に、唇を噛む。

「貴女は常に逃げてきた。貴女はラゲーネン王国を裏切り続けてきた」

エミリーの眼光に、己の意思を叩きつけながらベレスフォード公は続ける。

「貴女は公《おおやけ》を重んじる性格ではない。国と己《おのれ》であれば、迷うことなく己を選ぶはずだ。それを悪だと断じはしない。しかし、そんな人間を我らの主と抱くわけにはいかない」

エミリーは応えないのか、応えることができないのか、微動だにしない。

「私の父マティアスもそうだ。ベレスフォード公爵としての責務を、貴族として全《まっと》うしていれば……。情にほだされ、己の感情のままに動くことなどなければ、あのような最期《さいご》は遂《と》げなかった」

見かねたのか、ジェファーソン伯が立ち上がる。

「ベレスフォード公。貴方の気持ちはわかるが……」

「ジェファーソン伯。私の言っていることは正しいはずです。貴方の御子息、アルバート様が亡くなったのは、エミリー様の責任です。残念ですが、御子息の死は華々《はなばな》しいものではない。エミリー様の逃避《とうひ》が起こした無意味な悲劇です」

言い切られ、ジェファーソン伯は言葉なく立ち尽くす。

「エミリー様！　貴女には、国王たる資格などない。出過ぎた真似《まね》はやめていただこう」

砂色の外套《がいとう》を翻《ひるがえ》し、ベレスフォード公がエミリーを差す。

エミリーはやはり動かない。突きつけられた指先を青い双眸《そうぼう》が睨《にら》みつける。

その唇から吐息が漏れた。いまだ笑みの消えない赤い唇から吐き出されたのは、落胆の溜息のようだった。

「そうかそうか。なるほどなあ」

その挙句《あげく》、露骨《ろこつ》なまでに人を小馬鹿にした顔で、相槌《あいづち》を打つ。

「で？　……だからどうした？　ベレスフォード公」

ベレスフォード公の表情が凍りついた。

「……な!?　……エミリー様、貴女という……！」

「黙れ！　吼《ほ》えるな!!」

ベレスフォード公の反論を許さず、言葉を叩きつける。

「もう一度言ってやるぞ、ベレスフォード公！　だからどうした!!」

牙《きば》を剝《む》くエミリーに、ベレスフォード公がわずかにたじろいだ。

「確かに妾は逃げた。それは認める。だが、それを認めれば、この状況が変わると言うのか！　逃げたことを嘆き、今もまだこもっていればヴェルンストは滅ぶのか！」

怒りながら笑い、エミリーは叫ぶ。

「ベレスフォード公。貴様でもいい！　誰でもいい！　妾よりも強くこの国をまとめることができる者がいるならば、そうするがいい！　できる者がいれば、妾も喜んで従おう！」

燃える碧眼《へきがん》が諸侯を睥睨《へいげい》する。

「問うぞ、ベレスフォード公。貴様は何がしたい？」

「何が……とは？」

「つまり、こうしている時間がムダだということだ。今、貴様らと交わしているのは、ムダな議論でしかない！」

「貴女は何を……!?」

ベレスフォード公が怒りを滲《にじ》ませ、諸侯が色めきだす。

エミリーは構わず、止まらない。

「妾は断言できる!!　妾が何を望むのか！　何をしたいのか！」

諸侯の上げる抗議の声に耳を貸さずに続ける。

「妾の望みはただ一つ。この国を護ること。妾の手にあるもの全てを護ることだ!!　貴様らは違うのかっ!!」

抗議も非難も主張も貫《つらぬ》いて響き渡った言葉に、諸侯の声が止まった。ベレスフォード公も表情を強張《こわば》らせている。

「もう一度、問うぞ。ベレスフォード公。いや、ここにいる全ての者に問おう。貴様らは何を望む」

エミリーはゆっくりと息を吸った。先程までの肉食獣めいた獰猛《どうもう》な表情が消えていた。

静かな面持ちで、彼女は言葉を紡《つむ》ぐ。

「あの宣誓式でガスパールは言った。『私は姉上と、皆と、この国の全ての者たちを国王として、ガスパール・ガストン・ラングリッジ個人として護りたい。共に生きたい』と。……妾にはそんな立派なことなど言うことはできない。考えることすらできない」

彼女の顔に苦い微笑が浮かんだ。

「だから、できの悪い姉だとしても。できる限り、手伝ってやろうと思った。そのはずが、あいつは死んでしまった。あの弟は死んでしまったのだ」

諸侯の中からガスパールの名が聞こえた。惜《お》しむように呟いたのが誰かはわからない。

「だが、妾にはまだ護りたい者。護るべき者がいる」

エミリーは諸侯を見回す。その目はジェファーソン伯も、ベレスフォード公も、エルネストすら映していた。

金色の髪を揺らしてエミリーが振り向く。澄んだ瞳はグレンとセリーナもしっかりと見詰めている。

再び、彼女は諸侯に向き直る。非難の声を上げる者はいない。

「そして、妾にはこの豪腕《ごうわん》がある」

文字通り絹《きぬ》を裂《さ》く音がした。

エミリーは右腕を覆《おお》う布地を素手で引き裂く。裂かれた純白のドレスの下から、白くしなやかな、しかし、引き締まった腕が露《あらわ》になった。テーブルを殴りつけた右拳の甲などは皮が破れ、血が滲《にじ》んでいる。それすらも見せつけるように固く握り、諸侯へと突き出す。

「二度にわたり、亡霊騎士を退け、『血風姫』ヴィルヘルミーネを叩き伏せた『鉄球姫』の腕だ」

彼女の言葉に、ジェファーソン伯が力強く頷いていた。

「皆はここに何をしに集まった？　ヴェルンストの侵攻に対し、何を思い、願った？」

諸侯は沈黙し、応えない。何かを考え、目を伏せる者たちもいた。

「ベレスフォード公。貴様の言うことは正しい。だが、今、過去の罪を認めて引き下がる殊勝《しゅしょう》な態度など、何の役にも立たん。それならば、妾は開き直り、妾に逆らう奴らを返り討ちにしてでも、この国をまとめて戦う！」

エミリーの視線がベレスフォード公と絡《から》み合う。

「妾に関わった者を死なせはしない。奪わせはしない。先刻、妾は言ったな。この国が何をもって成り立っているか。それは、貴公らと、妾たち……そして、さらに加えるならば、この国の根幹を支える国民たちによって成り立っている。妾はそれを知っている。多くの者により、支えられていることを知っている！　だからこそ、これ以上、何一つ、ヴェルンストのケダモノどもに渡しはしない!!」

強く言い放つ。

「ところで、ベレスフォード公爵。貴様、好みの女性はいるか？」

「……と、突然、何の話です」

いきなりの言葉にベレスフォード公がうろたえた。冷静さを保とうとしているが、確実に失敗している。

「まさか、いないのか!?　確かまだ結婚しておらず、『婚期を逃《のが》して不憫《ふびん》なベレスフォード公』と名を馳《は》せていたはずだ」

「それとこの話に何の関係がある。そもそも、そんな名は知らない。貴女だって……」

突然の話題の転換に、不快感を露《あらわ》にするが、エミリーは気にしない。

「なんだ。本当にいないのか……。それは……すまない」

それどころか哀れんだ。

「ら、来年を目処《めど》に結婚の話は進んでいる！　ヴェルンストの侵攻で遅れるかもしれないが……。違う！　そんなことは関係ないだろう！　貴女は何が言いたい！」

「おめでとう。つまりは、貴様、その婚約者をどうしたい？　と尋ねたいのだ」

「どう……とは？」

「待て待て。いやらしい意味ではない」

口元を押さえて恥じらって見せたが、どう考えても、本気ではないことが、見るまでもなくわかる。

「そんなことはわかっている！」

思わず声を荒らげたベレスフォード公の頬は赤い。グレンはほんの少し、彼に親近感を覚えた。

「つまりはヴェルンストにその娘を差し出しても構わないのかと、聞いている？　恋人でも友人でも、構わん。公爵として、貴族として領民を護る義務があると言うならば、それもありだろう」

エミリーはベレスフォード公から視線を外し、もう一度、諸侯を見回した。今、諸侯はエミリーの言葉に聞き入っている。

「妾たちの目的は同じはずだ。ヴェルンストなどに何一つ渡したくない。ヴェルンストの言いなりになどなりたくはない。ガスパールが言ったように、護りたい大切なものがあるはずだ。そうだろう？　あいつの……でき過ぎた弟の、言葉全てが理解できなくとも、この程度なら、妾にだって理解できるのだ」

その問いかけに、頷く者たちがいた。

「ならば、力を合わせようではないか。ラゲーネン王国の力を一つに束ね、『血風姫』とかほざくミーネちゃんに手痛い一撃を加え、屈辱に歪むその顔を拝《おが》んでやろう！　あの時のガスパールとの誓い、ここに果たそう!!」

エミリーの腕が振り上げられる。ドレスを破り捨て、剝《む》き出しの拳が高々と空を突く。

「敵は重騎士三百、全軍で三万五千を越える大軍勢だ！　ラゲーネン全軍を投入しても、とても敵《かな》う数ではない！　だが、そんなことは問題ではない!!」

諸侯は迷っていた。闘志と怯《おび》え、その他の感情がない交ぜになって見える。

「皆の力を束ねる王の務めは妾が果たす！　だから、共に戦い、共に打ち破ろう！　誇り高き、ラゲーネン貴族と重騎士の力を、妾に貸してくれ!!」

振り上げられた拳に諸侯はまだ応えない。足を踏み出すか、迷いが見えた。彼らはエミリーと対峙《たいじ》するベレスフォード公の様子を窺《うかが》っている。

エミリーは彼らの反応を待つかのように言葉を止めた。

ベレスフォード公は沈黙している。その目には既にエミリーへの敵意はない。

「ベレスフォード公」

諸侯の中からジェファーソン伯が歩み出た。腹を揺らしながら、ジェファーソン伯はベレスフォード公に笑いかける。

「恥ずかしながら、疲弊《ひへい》した我が軍のみで、あの大軍を支えきることはできません。マティアス殿から受け継がれた歴戦の勇士、守りに長《た》けたベレスフォード家の重騎士たちの助けが必要です」

「ジェファーソン伯……」

「国を思う心があるならば、そのために力を振るうのが重騎士の、貴族の本懐《ほんかい》のはずです。本当はもう、貴方も、皆も今、何をするべきかわかっているはずでしょう」

ジェファーソン伯の言葉に進み出る諸侯たちの姿がある。

「ベレスフォード公……。それにみなさん」

エミリーの後ろに控えていたグレンもまた、歩を進める。いまだ彼らの視線から発する非難の感情に耐えながら、口を開く。

「騒乱を起こしたノーフォーク家の俺に発言する権利があるとは思えませんが、今だけは許してください」

敵意は残るが、誰も反論はしない。エミリーが苦々しい表情を浮かべつつも見守ってくれているのが心強い。

「俺は護衛騎士として、エミリー様を護りたい。もうこれ以上、兄上の……パーシーの野望や、ヴェルンストに苦しめられる者を見たくはない。だから……エミリー様に、みなさんの力を貸してください！」

誰も応えない。だが、敵意の圧力は和《やわ》らいだ気がした。

そんな中から、深く頷きながら姿を見せた初老の男性がいる。穏やかな表情で諸侯を見やり、口を開いた男に、グレンは見覚えがあった。エミリー修道院の修道女の一人、ヘーゼル・ヒューゴー・アイアランドの父、アイアランド伯爵《はくしゃく》その人だ。

「エミリー様やジェファーソン伯、グレン殿の言うとおり、確かに我々は今、やるべきことを見失っていたかもしれませんな。いや、わかっていながらも、目を逸《そ》らしていたと言うべきか」

どこかヘーゼルに似た悪戯《いたずら》っぽい表情で、彼はベレスフォード公へと微笑《ほほえ》みかけた。

ベレスフォード公の表情が引き締まる。彼は細い身体を伸ばし、エミリーを見返した。先刻までの戸惑いも怒りも、消えている。いつものような冷静沈着なベレスフォード公に戻っていた。

「……私はやはりエミリー様の仰《おっしゃ》ることに賛同することはできません。我らラゲーネン貴族が尽くすべきは、私ではなく公」

声を上げようとした諸侯を遮《さえぎ》るように、ベレスフォード公の声が一際強くなる。

「しかし！　今、為《な》すべきことが何であるかは理解しています。ベレスフォード公爵の役目は、国を護り、民を護り、王を護ること！」

ベレスフォード公がエミリーへと歩み寄る。彼はその膝を床につけた。

「私はベレスフォード公爵としての役割を果たします」

彼はエミリーの前に跪《ひざまず》いていた。

「ベレスフォード公爵として。貴女がガスパール陛下の 志《こころざし》を受け継ぐに値《あたい》するか確かめるため。ラゲーネン王国のため」

ベレスフォード公が深く頭《こうべ》を垂《た》れる。

「ベレスフォード公爵軍は、新国王エミリー陛下《へいか》に従い、ヴェルンストと戦い抜くことをここに誓いましょう」

諸侯から声が上がる。もはやそこには怨嗟《えんさ》も嘆きもない。

彼らは次々とエミリーの前へと歩み出る。

「戦いましょう。ヴェルンストと！」

エミリーの名を呼び、闘志をみなぎらせて叫ぶ。

「我らの力を束ねる王のもとで！」

ジェファーソン伯が胸というよりも腹を張り、突き出し、エルネストが欠伸《あくび》まじりにニヤニヤと笑う。

「新たな王朝。新ラングリッジ王朝の御旗《みはた》のもと！」

「復国の女王エミリー様の名のもと！」

誰かがエミリー陛下と、叫んだ。『鉄球姫』と声を上げた者がいる。

そして、その言葉を最初に誰が口にしたのかはわからない。

「『鉄球王』エミリーと共に!!」

「『鉄球王』に勝利を!!」

『鉄球王』を呼ぶ声が次々と重なり、広間に鳴り響く。かなりの広さを持つはずの広間は異様な熱気に包まれていた。

「『鉄球王』エミリー！　万歳!!」

グレンはエミリーのもと、再び一つにまとまった諸侯の姿を見て思う。

あの宣誓式の日、ガスパールの下に集《つど》い、一つになった諸侯の姿が再びここにあった。

ガスパールが望み、成しえなかったものをエミリーは蘇らせた。

かつて、滅びたラゲーネンを復活させた復国の女王エミリー一世のように、それよりも力強く、眩く、彼女は本当のラゲーネン王国を呼び戻した。

『鉄球王』の名が響き渡る。

あの花園で、エミリーが弟王に与えた名で、今、彼女自身が呼ばれていた。

ガスパールが望んだものを、エミリーは決して潰《つい》えさせはしない。

彼女を、『鉄球王』を称《たた》える諸侯の声を聞きながら、グレンは確信した。


二日の後、王都を訪れた陽王の下。

エミリー・ガストン・ラングリッジはラゲーネン王国の新国王として、正式に玉座《ぎょくざ》に就いた。

第二章

　護衛の交代時間が近づき、グレンはいつもと変わらぬ手つきで鎧《よろい》を身に着けていた。隙《すき》を作らないように、できる限り最短の時間で鎧を着けるべく何度も練習を繰り返し、この速さだけは他人にそうそう負けないと、グレンは自負している。

　厚手の胴着を着込んだ身体《からだ》に、大甲冑《だいかっちゅう》の厚い装甲《そうこう》を纏《まと》っていく。滞《とどこお》りのない手つきは普段と変わらず、エミリーを護《まも》る役割もいつもと同じだ。

　だが、グレンはその日の護衛を、特別なものだと考えざるをえなかった。

　明日の朝、ラゲーネン王国軍は北方に侵入したヴェルンスト討伐《とうばつ》に出発する。ノーフォーク家への処罰が保留状態のグレンはエミリーの護衛として、そして、重騎士として従軍する。

　先日の戦《いくさ》など比べものにもならない圧倒的な大軍を相手取ることになる。命を落とすつもりも、身を捨てる気もないが、実際のところ、これが王都でも最後の護衛になるかもしれない。

　そんな不安を振り払おうとして、振り払えぬままに、その手だけは変わらず動き続けていた。

　部屋にいた妹、アンジェリカと視線が合う。

　うつむいたアンの表情は暗い。

ジョゼフが暗殺された後、王都の屋敷に彼女を一人残しておくことができず、グレンはアンを王宮の自室に招いた。だが、その後すぐ、グレンは半島軍との戦いに参戦した。戦から帰っても、護衛の任務や残存するノーフォーク軍重騎士《じゅうきし》たちとの打ち合わせや、急遽《きゅうきょ》執り行われた演習などに走り回り、妹と話す時間はほとんどなかった。

「……また、戦に行くのですね。お兄様」

アンは寂しげに言う。

「ああ……」

いつも朗《ほが》らかな笑みを絶やさず、グレンの目指す淑女像《しゅくじょぞう》をその身で体現していた少女が、悲しみに表情を曇《くも》らせていることを辛《つら》く、また、それを晴らせない自分を不甲斐《ふがい》なく思う。

あの時、グレンはアンには何も言わず戦場に向かった。父と兄の死に打ちひしがれていた妹をより深く悲しませてしまったことが、ただただ情けない。

「アン。すまない。俺は……」

「……嫌です」

アンは静かに言った。その瞳《ひとみ》に涙が滲《にじ》んでいる。

「パーシーお兄様のこと……。私も聞いています」

グレンはあえて、兄の裏切りを話さなかった。肉親の死に打ちひしがれる彼女に、政略とはいえ仲睦《なかむつ》まじくしていた少年、ガスパールが実の兄によって殺されたなどと、伝えることはできなかった。だが、王宮内に知れ渡っている事実が彼女の耳に入らないはずもない。

こみ上げてくるものを必死に堪《こら》えるアンの小さな肩が震えていた。

「嫌です……。ずっと一緒にいられないなんて、嫌です」

その声がかすれる。

「私は……今までのように。お兄様と、お父様と一緒に暮らしたいです。ジェロームお兄様も、パーシーお兄様も、グレンお兄様も、ガスパール様も一緒に……！　いつものようにお兄様に姫教育してもらって……それで……！」

涙がドレスの上に流れ落ちた。澄んだ雫《しずく》が白いドレスに弾《はじ》かれて伝い、床へ染みる。

「どうしてですか……！　どうして、お兄様！　私はただこれまでと同じでいたいだけなんです！　それなのに……」

アンの言葉はそれ以上、続かない。嗚咽《おえつ》が彼女の声を塞《せ》き止める。

兜《かぶと》を脇《わき》に抱えたまま、グレンは立ち尽くした。

彼女の悲しみは、痛いほど理解できた。その言葉は、グレンの望みでもある。

父ジョゼフは生きていた。ジェロームも死んでいない。兄パーシーの裏切りも夢であればいいと、何度も考えた。強く憎んだ父だが、死んでほしいと思ってはいなかったことに、失われてから気づいた。グレンの愚《おろ》かさのために命を落としたライオネルのことも思い出す。

ノーフォーク家だけではない。ガスパールが死ななければエミリーもあんな悲しみを背負う必要はなかった。グレン自身、あの幼い王が死んだことを、いまだ信じたくはない。

陰謀《いんぼう》の中で、エミリーが失っていったものは多い。グレンの師であるマティアスもその一人だ。

それらが全《すべ》て戻ってくるならばと、願わなかったと言えば嘘《うそ》になる。

しかし、グレンは既《すで》に理解していた。

「アン……。それはもう叶《かな》わない」

グレンはいつも諦《あきら》めたくないと考えている。エミリーに助けられてから、その信念はより強くなっている。それでも、起きた後では、変えることができず、目を逸《そ》らすことができないどうしようもない事実がある。

「父上も、ジェローム兄さんも、ガスパール様ももういない」

アンの愛らしい顔が悲しみに染まる。それでも、口にしないわけにはいかなかった。

「パーシー兄さんは、やってはいけないことをした。もう戻れない。戻ることはできないんだ」

最愛の妹が嗚咽を漏《も》らす。

「だけど、アン。俺は約束する」

彼女に歩み寄り、その肩に手を伸ばす。

「俺はこの手でお前を護る。これ以上、お前を悲しませるものから、お前の幸せを、大事なものを奪おうとするものから、護り抜いてみせる！　だから……」

抱き締めようとした手が押しのけられた。

「それなら……行かないでください」

涙に濡れた黒い瞳がグレンを見詰めている。

「私の幸せはお兄様と一緒にいること……大事な人はお兄様なんです！」

震《ふる》える声を必死に振り絞り、彼女は言った。

「行かないでほしいんです！　行かないでください！　お兄様！」

すがりつくアンを振り払えなかった。グレンの腰に手を回し、鉄の胸当てにすがりついて、彼女は泣きじゃくる。長くきれいな黒髪が乱れて広がる。

そっと抱き締めて、頭を撫《な》でた。幼い頃、アンが泣いているのを見た時、グレンはこうして慰《なぐさ》めた。そうすれば、彼女は涙を止めて、またあの愛《いと》しい笑顔を見せてくれた。

だが、今は彼女の泣き声が激しさを増すだけだ。

もうじき、護衛交代の時間が来るが、グレンはその場を離れられない。

鎧越しに抱き締めた妹の華奢《きゃしゃ》な身体から、温かなぬくもりを感じる。震えるその背を撫《な》でた。

「アン……。俺は必ずお前を護る。だから……」

「そんなこと、望んでいません！」

アンが身を引《ひ》き剝《は》がした。涙にまみれた彼女の顔にははっきりと拒絶の色が浮かんでいる。

乱れた髪を直そうともせず、唇《くちびる》を噛《か》んだ少女の瞳がグレンの心を苛《さいな》む。

「……申し訳ありません。大声を上げて、淑女失格です」

恥じ入りながらも、首を横に振る。

「でも……。御仕置きはまた今度にしてください。今は……もう。一人にしてください。このまま一緒にいれば……私は……。だから……」

「アン……」

応《こた》えぬまま、妹はうつむいた。

失言だったことに気づく。何も言えず、何もできなかった。ここに残り、彼女の悲しみを癒《いや》すことはできる。だが、自分がそれを実行できないこともわかっている。

アンもエミリーも、全てを護り抜くために戦場に出る。アンを護るために戦場に出ることが、彼女を傷つけてしまうというどうしようもない矛盾《むじゅん》を生んでいた。

それがわかっていながら、自分を曲げられず、そのくせ、割り切ることもできない。

……俺は……。

やはり何も言うことができない。

「お兄様……。もう時間ですよね？」

言われて、気づく。既に、セリーナとの交代の時間を過ぎている。

「行ってください。……御願いします」

アンから感じる初めての拒絶にうめく。だが、逆らうことはできない。今、グレンがここでできることはない。

「わかった。じゃあ、俺は行くから……」

応えない妹を置いて、グレンは部屋を出ようと、扉を開ける。

「何がわかっただ！　この馬鹿ーっ!!」

いきなり部屋の中から罵声《ばせい》が飛んだ。続けて、どこかに頭をぶつけたような鈍《にぶ》い音がする。

何事かと振り向いたまま、グレンは硬直した。

ベッドの下で何者かが動いている。いつそこに入ったのかわからないが、兜をかぶっていないとはいえ、護衛騎士である自分が、存在に気づかなかったことに、どれほど注意散漫《さんまん》でいたのかと、愕然《がくぜん》とする。

アンもまた涙の乾かない目でベッドを凝視《ぎょうし》していた。

とにかく、彼女を庇《かば》うように立つ。

「……今の音は、あれだよ。怒りのあまり、床を打った音であって、頭をぶつけた音なんかじゃないからね？　本当だからね？」

言い訳がましく言いつつ、彼は姿を見せる。

ベッドの下から這《は》い出してきたのは、見慣れた赤毛の青年だった。

髪や服についた埃《ほこり》を払い立ち上がった彼は、気取った仕草で前髪をかきあげる。どこかにぶつけたのか、その額《ひたい》が赤かった。

グレンの親友にして、まぎれもない悪友でもある召使《めしつか》い、リカードだ。

「……何をしてたんだ。お前」

「見損なったぞ！　グレン！」

いきなり指を突きつけられる。突然、彼が上げた大声に、アンがビクリと身体を震わせた。

「話は全て聞かせてもらったよ」

「ベッドの下でか」

「ああ！　ベッドの下でだ！」

胸を張って応えられたため、どう言ったものかわからない。この部屋はグレンとアンの部屋であって、どう間違えても、リカードがベッドの下に潜《ひそ》んでいる道理はない。

「いつから潜んでいたんだ……」

「それよりもだ、グレン！」

問いかけを無視して声を荒らげる。

「君は最低の男だな」

「ベッドの下に潜む男は最低じゃないのか」

「ああ。違うね」

言い切る。

「少なくとも、たった一人の妹を泣かせるような男よりはマシだと、自覚している。色々、後ろ暗いこの僕でもな。影のある男って素敵だろ？」

芝居がかった仕草で己《おのれ》の胸に手を当てる。本来なら、言い返せるはずの言葉が、出なかった。前後の行動はともかく、彼の言動は正しい。

「君はアンジェリカ様を護るために戦場に赴《おもむ》くと言う。その他にも、エミリー様を護るため、君の大事な者を護るため……。それは僕も知っている。でもな……グレン。それはあくまで君の意思に過ぎない」

大袈裟《おおげさ》に両手を広げ、肩をすくめる。

「アンジェリカ様はそれを望んでいない。そう言っている。君は君自身の我儘《わがまま》で、彼女の望みをはねつけ、わざわざ戦いに出ようとしているんだ」

リカードの言うとおりだ。前回の戦に出撃した時も、グレンはエミリーの護衛騎士である己の役割をかなぐり捨てていった。エミリーの装甲侍女《そうこうじじょ》であるセリーナが、それを叱責《しっせき》したのは当然だろう。

彼女たちを護ると口で言っても、それはあくまでグレンの意思であり、それを止めようとする者たちの思いをことごとく無視している。挙句《あげく》、愚《おろ》かな選択はライオネルの死すら招いた。

「グレン。君は酷《ひど》い男だ。護るという言葉を大義名分《たいぎめいぶん》に、アンジェリカ様の心を傷つけ、自分が被害者とでもいうような傷ついた顔を晒《さら》している。君がアンジェリカ様を傷つけていることは、絶対の事実なんだ。なら、人でなしの悪党らしく、もっとふてぶてしくしたらどうだ」

「リカード……」

「なんだあ？　その弱々しい声は。親友といえども、僕は君のような冷血漢を慰《なぐさ》めたりはしないぞ！　さあ！　己がいかに卑劣《ひれつ》な人間か！　それを自覚するがいい！　そして、君が迷惑をかけている者たち全てに詫《わ》びるんだ！『ああ！　この小汚い俺を許してください！　リカード様の方がずっと素敵だということに気づいたから、そっちに惚《ほ》れるといいよ！』とか！　さらには……！」

「やめてください！」

か細い声が部屋に響く。声の主はアンだった。肩を震わせ、黒髪を乱しての叫びが、リカードの言葉を遮《さえぎ》る。

「やめて……。やめてください」

うつむいていた顔を、アンはゆっくりと上げる。

頬《ほお》を伝う涙は止まらず、濡れた双眸《そうぼう》が揺れている。

「アンジェリカ様？」

アンは子供のように激しく首を横に振った。涙の雫《しずく》が床の上に落ちる。

「やめてください……。お兄様は……悪くないんです」

「いや、どう考えても、グレンは……」

「悪くないんです！　我儘を言っているのは……私です。お兄様の心を知りながら……優しいお兄様の心を、お兄様が何を望んでいるのかを、知っていながら……。私は、お兄様のただ一人の妹なのに……」

声を詰まらせ、途切れ途切れながらも続ける。

「それでも、納得することができない私が悪いのです。それがわかっていながら、私はまだ……」

もはや言葉にならず、鼻をすする音だけが聞こえる。

「アン……。ゴメン。俺は……」

「謝ら……ないで、ください」

グレンは動けなかった。先刻のように、彼女に駆け寄り抱き締めてやることもできない。自らの我儘で傷つけ、それを許容しようとして傷を広げる彼女を慰めるような真似《まね》をしてはいけない。

「あれ……？　ちょっと、待て。ここは、ほら。グレンを糾弾《きゅうだん》した僕が、グレンに代わって、『さあ！　僕の胸に飛び込んでおいで！　お兄様って呼んでいいんだよ！』という、完璧《かんぺき》な予定だったんだけど……。あれ……？」

リカードがオロオロと、グレンとアンを見比べる。

「……何してるんですか。扉も開けっ放しの丸聞こえ状態で」

深い溜息《ためいき》が背後から聞こえた。振り向けば、一人の修道女がいる。濃紺《のうこん》の修道服の後ろに二つに結われた三つ編みが垂《た》れているのが見えた。

アイアランド伯爵《はくしゃく》令嬢であり、エミリー修道院の修道女でもある、ヘーゼル・ヒューゴー・アイアランドがいた。

彼女が言うとおり、グレンが開けたままだった扉から、心底呆《あき》れた顔を覗《のぞ》かせ、大袈裟に溜息をつく。

「リカードさんは本当にもう……」

アンとグレンに一礼し、落とした肩を揺らしながら、彼女は部屋に足を踏み入れた。

「ちょっと姿を見ないと思ったら……」

袖《そで》を捲《まく》り上げた右手を大きく横に振る。

「あ……。いや。待つんだへーゼルちゃん。ほら、これは……」

「ベッドの下に潜んでいたって……。何をしてるんですかもう」

言いつつ、床から跳ね上がりながら、リカードの首を薙《な》ぐ。草を刈る鎌《かま》のように、首を捉《とら》えた一撃に、リカードの喉《のど》から奇妙な音が漏れ、長身と言える身体がもんどり打って倒れた。後頭部も打ちつけている気がする。

「王宮の客人のベッドの下に潜んでいるとか……。叩き殺されても文句は言えないんですよ」

「……い、いや、今、まさに死にそう」

「この程度で死ぬ人だと思っていません。はいはい。信じていますよ」

彼の苦悶《くもん》の声には耳も貸さぬまま、アンに向き直る。

「本当に失礼しました」

「い、いえ……」

アンはおろか、グレンも、目前で起きたあまりのできごとに、呆然としてまともに応えることもできない。

「ところで、グレン様。本当に、そろそろ時間が危ういんじゃないですか？」

「あ、ああ。そうだ。そういえば……」

リカードの乱入で護衛の交代時間は確実に過ぎてしまっている。

アンと目が合う。そのことで我を取り戻したのか、彼女の黒い瞳に再び悲しみの色が宿る。

「アン……。俺は……」

「お兄様……」

だが、互いにそれ以上何も言うことはできない。彼女の想《おも》いを知った。だが、その上でも、グレンが己の意志で彼女の望みを裏切っていることに違いはない。

自覚しているべきことだった。グレンはそれから目を逸《そ》らしていたに過ぎない。

それでも、ここに留《とど》まろうとは思わない。アンを苦しめてでも、グレンは戦場に立つ。最愛の妹を、エミリーを、親しい者たちを護るために戦う術《すべ》を持つ以上、ヴェルンストの決戦に赴《おもむ》かないわけにはいかない。それがグレンの決意なのだ。

……そうか。

視線を落とせば床に転げたリカードがグレンを見上げていた。

ベッドの下に潜んでいたことはともかく。彼がここにいた理由を思う。

リカードはグレンに気づかせてくれた。

「アン。俺は行く」

悲しみに染まる彼女の顔をまっすぐに見詰める。

「だけど、約束する。必ず……俺は必ず、ここに戻ってくる。生きて帰る」

「お兄様……」

「認めてくれなくていい。見送ってくれなくていい。ただ、その約束だけ聞いてくれ」

アンは何も言わない。その頰《ほお》を涙がこぼれ落ちていく。

妹の悲しむ姿に胸が締めつけられる。だが、グレンが行おうとしていることは、そういうことなのだ。

だからこそ、グレンは生きて帰らなければならない。

嘆《なげ》く彼女に背を向けようとする。

その時、ほんの少しだけ彼女が頷いたのを見た。泣き、何度も息を詰まらせながらも、彼女は頷いてくれた。

それだけで十分だった。

床に転がるリカードに、心の中で礼を言う。おそらく、最初から彼と共謀していただろうへーゼルに軽く頭を下げると、彼女は例によって、口笛を吹いて誤魔化《ごまか》していた。今日も、音は鳴っていない。

愛《いと》しい妹と、優しい友人たちに背を向けて部屋を出る。

胸に手を当て、いまだ心に宿る痛みをあえて握り潰すようにして、グレンはエミリーの部屋へ向かった。

◆　◆　◆

時間に遅れたことを、セリーナは特に指摘しようとしなかった。

いつもと変わらぬ無表情のまま、彼女は一礼し、部屋を後にする。明日から戦場に赴くということもあり、早めに休むつもりなのかもしれない。常に冷静に与えられた仕事をこなす彼女らしいと思いつつ、エミリーの部屋に入る。本来、王の部屋は別にある。だが、戦の準備や護衛の状況もあり、王宮内の諸々《もろもろ》が引き継がれるのは、戦後ということで、部屋の場所は先日、王都を訪れた時から変わっていない。

セリーナが何も言わなかったとしても、時間に遅れたことに変わりはない。エミリーの叱責《しっせき》を覚悟する。おそらくは叱《しか》られるというよりは、品のない嫌がらせがあるに違いない。そうなれば、こちらに非があろうとも、いかに罰せられようとも姫教育せざるをえない。

「ああー。ダメだあぁ。妾《わらわ》、前後不覚ぅ」

明らかに酒でたるんだ声がした。見ればベッドの上にエミリーが転がっている。

最初に目に飛び込んできたのはだらしなく伸ばされた両脚だった。長いドレスの裾《すそ》がまくれ、ほとんど太股《ふともも》までが見えている。むしろ、太股よりも奥まで見ようとすれば見えてしまうほどにあられもなく、はしたない。

思わず目を逸らす。

「エ、エミリー様。身を正してください。その姿は一国の姫……いや、王の姿ではありません」

「んー。それは何の話だ」

言いつつ、モソモソと身を起こす。眠たげにグレンを見る目は潤《うる》み、あまり焦点が定まっていない。白い頬は赤く染まり、強化された嗅覚《きゅうかく》は近づくまでもなく濃厚な酒の匂《にお》いを感じてしまう。明らかに飲み過ぎだ。

起き上がったエミリーがベッドの上に座るが、やはり裾がまくれていることに変わりはない。

いつも怒っているか、何か企《たくら》んでいる顔が、酒精《しゅせい》に緩《ゆる》みきっていた。目のやり場に困り、グレンは彼女を見ることができない。

「足が見えていますよ。はしたないですよ。3ペシン相当です」

「ははぁん。ペシンか。なるほど、こういうのがペシンか。んくく」

言いつつ、裾を摘《つま》む、ひらひらと振るので、何か色々なものが目の端《はし》に映ってしまった。

「エ、エミリーッ!?」

思わず叫ぶが、耳が熱くなってくる。グレンが怒るさまを見て喜ぶエミリーの赤い顔はいつになく艶《あで》やかに見える。

「おいおーい。呼び捨てとは、相変わらず何様のつもりだ、貴様はー」

鼻を鳴らそうとしたところで、何かに気づいたらしく酔った瞳がわずかに丸くなる。

「ほー。なるほどなあ。ほー」

そして、しきりに頷《うなず》く。

「エミリー様?」

「お前、今、照れてたな」

言うと足の位置をずらした。際《きわ》どい露出のまま、横座りになる。ただ寝そべっているだけでは、品のなさだけ目立ったが、座り方を変えれば、露出は変わらずとも、品のなさは消え、むしろグレンにはわからない恐ろしい何かが増していた。

エミリーの声にその姿をまともに見てしまった。彼女の脚から目が離せず、頬《ほお》を赤く染めた悪戯《いたずら》な表情に、心臓が大きく打ち鳴るのを感じた。

「なるほど。こういうのが好きなのか？」

「ち、ちが……！　そうではなくて、はしたないと……！」

「そうだな……」

羞恥《しゅうち》を感じたようにうつむくと、彼女は裾を直す。むしろ、その仕草にグレンの胸はより激しく、高く鳴る。

エミリーがゆっくりと立ち上がった。頬を朱に染めたまま、熱を帯びた瞳がグレンを見た。その唇がいつもよりも赤く鮮やかに見える。

エミリーが近づいてくるが、グレンは動くことができない。逃げる必要などないはずだが、意味もなく、心が逃亡を訴えてくる。それでも身体は動かず、彼女から目を逸らすこともできない。

「エ、エミリー様」

金色の髪が揺れる。甘い匂いがした。葡萄酒《ぶどうしゅ》の匂いに混じり、彼女が身に振る花の香と、おそらくは汗の匂いが混じっているように思える。こんな時でも、その腰で鉄槌《てっつい》が揺れているのが、いかにもエミリーらしい。

「グレン……」

名を呼ぶ声は熱を帯びている。エミリーの顔がすぐ手の届くところにある。

早鐘《はやがね》のように心臓が打ち鳴り、今、何が起きているのか、何をすべきなのかがわからなくなる。ただただ、頭の中が熱く、思考が真っ白に染め上げられる。

エミリーの両手が伸び、グレンの頬に触れた。グレンの肩がビクリと震えて硬直する。

「……うご。吐《は》ぎそう」

エミリーがどうしようもない声を出した。

腕はひっこみ、その口元を押さえる。顔色がみるみる青くなる。

グレンの身体から瞬時に全ての熱が消え失せた。

「飲み過ぎです。その台詞《せりふ》は1ペシンですが、いいから休んでください」

具合悪そうにうめくその背を撫でる。

「大丈夫。大丈夫だ。……まだ飲める。まだやれる」

「飲まないでください」

「吐き気にも波があってな。貴様も知ってのとおり、なんというか、ほら。他にも波のあるものってあるだろ」

「二、三想像できましたが、それ以上口にすれば、9ペシン叩《たた》きこみます」

「吐くぞ。お前に向けて、吐くぞ。目潰《めつぶ》しのために、吐くぞ」

「本来なら、全部で3ペシンのところ、連続したので5ペシンを加算します。それよりも、本当に具合悪そうなんですから、喋《しゃべ》らずに座ってください」

「何か出るぞお」

「出したら、13ペシンですから、我慢してください」

言いつつ、エミリーを支えてベッドに運ぶ。うつむいて座り込んだ彼女は深呼吸を繰り返す。

念のため、壺《つぼ》を手にしてグレンはその傍《かたわ》らに待機した。

……俺は今、何に緊張していたんだ。

先刻のエミリーの姿が脳裏《のうり》をよぎったが、軽く頭を振って追い払う。

「とりあえず、大丈夫ですか？　水は必要ですか？」

問いつつも、彼女が応えるのを待たず、水差しから汲《く》んだ水を手渡す。エミリーはそれを少しずつ飲み、大きく息をつく。

「……だいぶ、マシになった気がするな」

そう言ったエミリーの額《ひたい》にはじっとりと脂汗《あぶらあせ》が浮いていた。

呆れながらも、グレンはそれを布で拭《ぬぐ》った。

「ん……。御苦労」

「苦労だと思うなら、自重《じちょう》してください」

「自重？　妾《わらわ》が？　はっ！　ありえんな」

鼻で笑われた。

「わ、笑った！　そこで笑うのか！　自重しろって言ってるんだ。明日、出陣だって自覚あるのか！」

「おいおい。いつまでも口の利き方を覚えぬ小僧め。自覚だけなら、売るほどあるが、それがどうした！」

グレンの手から布を奪うと、勝手に首筋を拭《ふ》く。

「おはー。冷たくてたまらん」

挙句、心地よさげに吐息した。

「5ペシン！　5ペシン！　最悪だ！」

「まあ、待て。これはしかたないのだ。なんと言っても、陽王《ようおう》の親父《おやじ》が、いつまでも妾を離さんからこうなる。あれは惚れてるな」

「親父……!?　よ、陽王様は教会の最高責任者で、神の言葉を司《つかさど》る方ですよ！　というか、惚れるとか、惚れないとか、そういう話じゃない！」

「そんな大袈裟《おおげさ》なものでもないだろー。呼んだら来るような奴だから、たかが知れてる。昔の陽王は、逆に国王を顎《あご》でこき使えたらしいからな。時の流れの残酷さか」

「言いたいことはわかりますが、他人に聞かれたら普通に大変なことになりますよ！　ほんと、自重してください！　もう、酒も暴言も、ロッティへの悪戯も！」

「お前にはいいのか！　わかった！」

「俺もダメです！」

「その台詞、ロッティのようで愛らしいな。……ところで、妾、もう眠いー」

唐突《とうとつ》にゴロリとベッドに横になる。

「この酔っぱらい！　せめて着替えてから……！　いや、それ以前に、そのだらしない態度、今、何ペシン溜まってるか、御理解いただきますよ！」

「明日な。うん。明日にはするから。今日はもうお腹《なか》いっぱいだから」

目を閉じようとする。

「明日が出陣と大目に見ていれば、なんて酷《ひど》い態度を！」

大甲冑《だいかっちゅう》の胸当てからスルリと短鞭《たんべん》が滑り出た。グレンが姫教育に使い続けてきた愛用の鞭《むち》だ。これまで数千回にわたり、振るわれてきた鞭には使い込まれた証《あかし》である深いツヤが浮いている。

「さあ！　溜まりに溜まった！　49ペシン！　今こそしつけます！」

「ほう」

鞭を構えるグレンに対し、自分の腕を枕《まくら》にして寝そべりながら、エミリーが不敵に笑う。

「できるのか？『姫狂い』グレン」

いつもならば、不遜《ふそん》にも抵抗し、暴れ、時には鉄球を投げつけることも辞《じ》さないエミリーが余裕を崩そうとしない。

「……どういうことですか？」

グレンが鞭をピシリと鳴らしても、彼女の態度は変わらない。尻を叩くと迫れば、本気で顔面目掛けて蹴《け》りを叩き込んできたエミリーとは思えない。

「もしかして、ついに姫教育の必要性を御理解いただけた!?」

「どう考えても違う。阿呆《あほう》が。……グレン。貴様のそれは姫教育」

言いつつ、2ペシン相当にだらしなく寝そべったままで自分を親指で差す。

「だが、今の妾はラゲーネン国王！　もはや姫であるエミリーはいなぃうぐっ！　……今、ちょっと吐きそうになった！　……それはそれとして。なお、妾を打つと言うのか！」

「打ちます」

一瞬も躊躇《ちゅうちょ》せずにグレンは応える。

「……何？」

酔ったエミリーの顔に初めて動揺が見えた。

「打ちますとも。俺の使命は姫を教育することにあらず。天が俺に与えた使命は、本当の淑女《しゅくじょ》を育て上げること。そして、淑女に背を向ける者をすべからく淑女へと変えることです！」

「いや、天は絶対、授けてないだろ。お前、我らが父を舐《な》めてないか？　普通に考えて、妾のさっきの言動より、まずいだろ。それは」

「口答えは許しません！」

振った鞭がピシリと小気味よい音を鳴らした。強化された感覚と鍛《きた》えに鍛えた御仕置きの技術をもってすれば、エミリーに当てることなく、瞬時に六カ所を打ち叩くこともできる。振るわれた鞭が風を切り、鋭い音を立て、ベッドの上に鞭跡を刻む。

「エミリー様が王になったならば、俺の姫教育もまた、新たな段階へ昇るまで！　姫教育は、エミリー女王を前に、女王教育へと姿を変える！」

「変えるな！　阿呆《あほう》！」

「さあ！　いいから黙って、お尻《しり》を出してください。痛さよりも屈辱《くつじょく》を与えますので、御安心ください」

「出せるか阿呆！　どこに安心があるのだ！」

逃れようとするエミリーを大甲冑《だいかっちゅう》の膂力《りょりょく》でもって軽々と押さえ込む。

「あ、阿呆！　言動を考えろ、わきまえろ！　頼むから！」

エミリーの声は裏返っていた。

「ふ、ふふふ！　ふふふふふ！　大甲冑の力があればエミリー様とて逃《のが》れられない！　女王教育を！　鞭を！」

彼女の腰を摑《つか》み、引き寄せる。

その時、扉が鳴った。

「エ、エミリー様。今、何か悲鳴が……？」

外から聞こえてきたのはやや上擦《うわず》ったロッティの声だ。

「大丈夫だよ。ロッティさん。俺はただ……」

「ロッティか！　ロッティだな！　ロッティィィッ!!　ドアを開けろ！　開け放て！　今すぐにだ!!　頼む！」

優しく告げようとしたグレンの声を遮《さえぎ》って、エミリーが叫んだ。

「は、はい!?」

必死で叫ぶエミリーに応え、反射的にロッティがドアを開く。

大きく開け放たれたドアの向こうで、ロッティが硬直していた。

肩のあたりで切られた癖《くせ》のある黒髪が心持ち跳《は》ねているように見えた。黒い瞳が部屋の中を見ると同時に大きく見開かれる。その唇がパクパクと開いたり閉じたりしている。白い肌が見える部分全てが真っ赤に染まった。

「ど、ど、ど、どうして、エミリー様のお、おし、お尻を抱え……」

ロッティがみるみる涙ぐむ。

言われて、少しだけ冷静になってエミリーを見る。グレンは強引に女王教育を施《ほどこ》すべくエミリーの腰を掴み引き寄せた。逃げようとしていた彼女を引き寄せたため、自然、グレンはエミリーの尻を抱き締めていたと言っても過言ではない。尻に頬を寄せているようにも見える。

ようやく、ロッティがその状況を見て、勘違《かんちが》いしていることに気づく。

「誤解だよ。これはただのしつけだから」

爽《さわ》やかに言ったグレンの頭でグシャリと何か潰《つぶ》れる音がした。同時に衝撃が走り、顔から地面に倒れこむ。

「うるさい！　ここで死ね！」

叫んだエミリーが壺《つぼ》の破片を投げ捨てるのを、揺れる頭で目撃する。酔ったエミリーのために、グレンが持ってきた壺だ。大甲冑《だいかっちゅう》の頑丈な兜《かぶと》の上から殴られたのでなければ、頭が割れていてもおかしくない。

そう思った時には、彼女は続けて手近にある花瓶《かびん》を掴んでいた。

「ま、ま……」

待てという間もなく花瓶が叩き込まれた。ビクンと身体が跳ねる。兜の中で音が反響し、耳も頭を砕けてしまいそうだった。

!?
ああん♥
ケツ♥
パクパクパクパクパク
パクパクパク

だが、ここで負けるわけにはいかない。

……女王教育！　女王教育！

一瞬、かすんだ意識をその言葉と湧《わ》き上がる義務感で繋《つな》ぎ止め、床を摑んで立ち上がろうとする。

「ダメです！」

ロッティの声がした。同時に部屋に入ってすぐのところに置いてある予備の椅子が消えて、不思議なことにロッティの手の中にあることに気づいた。彼女は何故《なぜ》かそれを振り上げている。

「もがっ」

間の抜けた声が出た。もう一度、凄《すさ》まじい轟音《ごうおん》が鳴り響き、グレンは倒れた。

一瞬の意識の暗転。しかし、すぐさま跳ね起き、膝《ひざ》を突く。

ロッティが振り下ろした椅子が真ん中から折れていた。

さらに、グレンの眼前に鋼鉄《こうてつ》の塊《かたまり》が突き出される。エミリーが護身用の戦槌《せんつい》を握り締めていた。

カタカタと何かが震える音が聞こえる。そちらを見れば、ロッティが水差しと食器一式を振り上げていた。

戦槌も食器も、グレンの対応次第で振り下ろすことができる状態だ。

「ロ、ロッティさん。エミリー様はともかく、ロッティさんまで。これは何事？」

「そ、それは、それは私が聞きたいです！　なんなんですか！　何をしていたんですか！　エミリー様のお尻に……！　何をお尻に！　お尻に何が!?」

「いや、連呼しないでほしいんだがな。さすがに妾も」

言いつつも、座り込んだグレンを見下ろすエミリーの目は冷たい。

「グ、グレン様……。そんな……。大甲冑を使って、無理矢理いやらしい真似《まね》をするなんて。グレン様が……」

ロッティの目から涙がこぼれた。

「ま、待ってくれ。だから、違う！　誤解なんだ！」

「どこが誤解なのだ。どう考えても、あれは……」

「エミリー様は黙っていてください！」

ピシャリと言う。

「悪いのは妾《わらわ》なのか……」

「いいかい？　ロッティさん。今のは姫教育改め、女王教育なんだ。この酒臭い国王を見てくれ。一国の王が、しかも淑女《しゅくじょ》であるべき女王が、こんなありさまで……しかも、だらしなくはしたないありさまを晒《さら》していいのだろうか？　いや!!　よくない！　だから、俺は、いつものようにエミリー様に姫教育改め、女王教育を施そうとしただけなんだ。そう！　これはラゲーネンを担う女王を育てるための神聖な行い！　我らが父に誓い！　そこにいやらしさなど一片もない！」

おもむろに立ち上がり、握り締めた鞭を頭上へ掲《かか》げる。

「あ……。よかった。なんだ。女王教育だったんですね。私、早とちりしてしまって」

水差しなど諸々《もろもろ》を下ろし、ロッティが涙を拭《ぬぐ》う。

「おーい、ロッティ。そんなに素直だと、悪い人間に騙《だま》されて、色々いやらしいことをされるぞー。鞭持って追いかけてくる変態とか」

エミリーが何か言っていたが、グレンはロッティと視線を通わせる。

「ゴメン。ロッティさん。誤解されるようなことをして……」

「い、いいんですよ。グレン様！　私、勘違《かんちが》いしてしまって。グレン様が姫……女王教育のために豹変《ひょうへん》してしまうのは……もう、わかっていますから。それだけはどうしようもないんだって」

ロッティが恥ずかしげに伏せた顔を上げた。グレンとロッティは共に微笑《ほほえ》む。

「それでいいのか？　ロッティ？」

「え？　変なこと言いましたか？」

エミリー一人が怪訝《けげん》な表情を浮かべていたが、やがて諦《あきら》めたように息を吐く。

「あー。もう、なんというか。驚くほどに酔いが醒《さ》めたな。それに関しては、もういい……。ところで、何か用があって来たのか、偶然なのか。覗《のぞ》きの前科がある修道女ロッティ」

「あ、いえ！　そ、それは……」

エミリーの言葉にまた、ロッティが顔を赤くした。

「覗き？」

グレンがロッティに尋ねる。

「い、いえ！　ち、違います！　今回は、その……お話があって来たら、何か色々聞こえて、それで……！」

「話が？　どうした？」

エミリーが尋ねると、ロッティは頷き、身を正した。

「あの、私……」

緊張しているのか、ゆっくりと息を吸い込み、エミリーとグレンそれぞれを見る。その表情はいつになく落ち着いて見えた。

「明日、修道院に戻ろうと思うんです」

「修道院に？　妾たちは負ける気などないが……。おそらく、一番安全なのは、ここだぞ」

エミリー修道院はヴェルンスト軍からはずっと離れた場所にある。それでも、万が一、ラゲーネン軍が敗れた場合、敵軍の襲撃を受ける可能性はある。

ロッティはゆっくりと首を振る。

「いえ。私は信じています。エミリー様とグレン様を」

迷いなく言った。

「もちろん、本当は戦争になんて行ってほしくないんです。でも、止められないこともわかっています」

エミリーもグレンも否定せず、彼女もそれを理解していた。

「だから……。修道院に戻って……エミリー様と、グレン様に命を救われたあの場所で。お二人の……いえ、皆さんの無事と戦の勝利を祈ろうと思います」

胸の前で手を合わせ、ロッティは晴れやかに言う。

「すまんな。ロッティ」

「そんな……。私にできることなんて、このぐらいですから……」

照れるロッティを、エミリーは優しい微笑を湛《たた》え、見詰めていた。

「まあ、本当のところ。妾たちなどどうでもよくて、グレンのことが心配でしかたがないということは黙っておいてやるさ」

その表情は瞬時に涎《よだれ》でも垂《た》らしそうな品のない顔に変わった。

「グレンが出陣した後、心配で心配でしかたなくて、妾の部屋に覗きを敢行《かんこう》して、挙句、今、ここで口にすれば恥ずかしさで死ぬような熱い説得を口にしたことも、妾は絶対に言わないでおいてやるぞ！」

そして、淑女とは言いがたい大声で叫ぶ。

「エ、エ、エミリー様!?」

ロッティが驚き、本当に跳ねた。

「説得？」

グレンが尋ねると、彼女はまた耳までを真っ赤にして、両手をグルグルと振り回す。

「ち、ち、違います！　そ、そんなことなんて……！」

「妾は恥ずかしい台詞《せりふ》を覚えることに余念がなくてな。『靴も……』」

「や、やあぁぁっ!?　ち、違うんです！　違うんです！」

　ほとんど奇声に近い声を上げて否定する。

「違うんです！　あの、そうです！　わ、私も心配してたんですけど、エミリー様も凄《すご》くて！　グ、グレン様のことが心配で部屋に閉じこもってて、あの……！　わ、私なんかの言葉で、戦場まで行って、グレン様のことを本当に助けることができたエミリー様が羨《うらや》ましくて、嫉妬《しっと》してしまいそうで、でも、そこまでするエミリー様は実はグレン様のことを愛していて！　そ、そんなことが本当だったら、私……私！　でも、毎晩考えてしまって……。あ、あ、あ……何言ってるんだろ、私……」

「お、お、お前!?　本当に何を口走っているんだ!?　そんなことあるわけないだろ！」

「あはは。ロッティさん。それはない。そればかりは断じてありえないよ。よりにもよって、エミリー様がそんなこと考えるなんて、絶対にない。しかも、それでいくとエミリー様が俺を？　さすがに苦し過ぎる」

　笑って否定しながらエミリーを見る。

「そうですよね？　エミリー様」

　大慌《おおあわ》てで否定していたはずのエミリーの目つきが鋭い。何故か、今から人を殺すような目をしている。睨《にら》まれているような気がした。彼女の殺意はどこに向けられているのかわからない。

「……ああ。ないな。うん。そこまで否定されるとは思わなかったほどにありえんな」

先程までロッティを弄《いじ》り、上機嫌だったはずが、一転して不機嫌そのものになっていた。

「不思議だな。どうしようもなく腹立たしい」

何か失言したことはわかったが、どの部分が悪かったのかわからない。気の動転したロッティが言ったことが、気に障《さわ》ったにしては、どういうわけか睨みつける目はグレンから離れない。

「あ、あの。エミリー様？　俺、何か……」

「ロッティ。おもしろい話があるぞ」

グレンの問いかけは無視された。

息を切らすロッティに不機嫌なはずのエミリーが笑いかける。作り笑顔以外なにものでもない、眩《まばゆ》いほどの笑顔だ。不吉な予感がした。その五感が大甲冑によって強化されていずとも、感じただろうと思えるほど、強烈な悪意が眩《まぶ》しい笑顔の下にある。

「先日の戦だがな。グレンは本当に苦労したんだ。うん。それは妾にもわかる」

半笑いで同情される。

「ほら。妾もこれで、この小僧の主だろ？　色々慰《なぐさ》めてやらないといかんと思ってな。それで、こう、優しい言葉をかけてやったわけだ。するとどうだろう！　まるで子犬のように安心したグレン君はこの豊満な胸に……」

「ま、ま、待ってください！　エミリー様！　その話はいいじゃないですか!?」

彼女が何を言わんとしているか理解できた。確かにグレンは打ちひしがれていた。自分自身の無力さと不甲斐《ふがい》なさに自暴自棄《じぼうじき》になりかけていた。そんな自分を支えてくれたのはエミリーで、彼女にすがり泣いたことも間違いではない。そのことには心から感謝している。

「どうしたんだ、グレン。妾の愛しい護衛騎士。口にしてはいけない事実などあったかな？　まさか真実を口にすることを躊躇《ちゅうちょ》するお前じゃないと、信じているぞ」

「胸……？　あ、あの……グレン様」

ロッティの視線が痛い。

「あ、いや！　その……！　違うんだ！　ロッティ！」

「すがりついてきたお前の姿はなかなか……」

「申し訳ありませんでした！　正直、何がエミリー様を怒らせたのか、わからないのですが！　とにかく、申し訳ありませんでした！」

「おやおや。何をそんなに怯《おび》えているのか。愛らしいぞ。愛らしいぞおぉぉ、グレンー！」

勝ち誇るエミリーに対して、グレンはひたすら頭を下げるしかない。

ロッティは何が起こったのかわからず、きょとんとしたままだ。一人、エミリーだけが満足げに頷いていた。

「さて、まあ……」

エミリーがグレンの頭を小突《こづ》く。

「グレンなどどうでもいい。ロッティ。本当に感謝しているぞ」

「あ、いえ……。そんな。私は何も……」

顔を赤くしたロッティを見るエミリーの眼差しは温かく、どこか敬意のようなものすら感じられた。普段なら、恥ずかしがる彼女を見れば必ずからかうエミリーだが、そんな様子はない。

「それよりも……。エミリー様。グレン様も、セリーナさんも……みなさん、必ず無事で戻ってください」

祈るようにロッティが言う。

「我らが父に願います。もし、私の祈りが届くというならば……。私はどうなってもかまいません。この身を差し出せと言われれば、私は……」

「ダメだ。ロッティ」

敬虔《けいけん》な修道女の言葉を遮《さえぎ》った、エミリーの語調は強い。そこには怒気すら感じる。

ロッティがきょとんとした顔で彼女を見る。

「妾の愉快な玩具《おもちゃ》が、どうなってもいいなどとほざくことは許さん」

「エミリー様……」

驚きながらも、ロッティは少し嬉《うれ》しそうに見えた。

「それに、お前が身を差し出すのは妾だろ？　言ったはずだ。『鉄球姫《てっきゅうき》』は……『鉄球王』は生娘《きむすめ》の嬌声《きょうせい》で動いていると」

ロッティの顎《あご》に白い指を添えて、エミリーは言った。

「そ、それは……」

「何よりもだ！　妾は予定している!!　この戦を勝ち抜く！　そして、グレンと共にロッティの下に戻り、その無事を祝う貴様の前で、突如《とつじょ》、グレンの唇を奪う暴挙に出る！」

「何を口走ってるんだ!？」

「その時のロッティの顔ときたら見物《みもの》だぞ！　敬虔《けいけん》な神の使徒《しと》が嫉妬《しっと》に顔を歪《ゆが》ませるところなど、目の当たりにしたら……！　しかも、ロッティの愛らしい顔が怒りと羞恥《しゅうち》に染まって！　しかし、そんな中、愛する者の唇を奪われたという背徳感《はいとくかん》すら、彼女は覚えるのだった！　いやらしい娘め！　……よ、涎《よだれ》がっ!!」

「そ、それだけはダメです！　それに、いやらしくないです！」

両手を振り回して詰め寄るロッティの頭を片手で押さえて、エミリーが大爆笑する。

「エミリー様……。50ペシン超えましたからね」

本当に涎でも垂らしそうな緩《ゆる》みきった顔を見て、呆れる。怒りは通り越していた。

鞭を鳴らしながら、それでも、グレンはこれでもかまわないと思っている自分に気づいていた。

ロッティをからかうエミリーと、からかわれながらも、食い下がるロッティの姿は、初めて会った頃には見ることができなかったものだ。明日には戦場に出るエミリーが、こんなふうに、笑っていられるのはロッティのおかげで、ロッティがこうして変わっていくのは、多分、エミリーの影響によるものが大きい。

こんな二人の姿を消させはしない。これからもそれを見守っていくために、グレンはエミリーを護り、自分自身も生き残る。一方的ではあるが、アンにも約束した。これ以上、愛する妹を悲しませるわけにはいかない。

この戦がどれだけ激しい戦いになろうとも、絶対に死ねない。誰も死なせない。

楽しげな二人に、グレンは無言で誓った。

◆　◆　◆

セリーナは一人、夜の王宮を歩いていた。いつもとは違い、大甲冑《だいかっちゅう》を着けていない。先程、護衛の番を終えた彼女は自室に戻り、湯浴《ゆあ》みの後、着替えていた。夜着ではなく、侍女《じじょ》としての飾り気ない濃紺《のうこん》の服を着て、白いエプロンをつけて、薄暗い廊下を歩く。燭台《しょくだい》に立てられた蠟燭《ろうそく》の炎が、彼女の影を床に落とす。

その手の中には数枚の羊皮紙《ようひし》がある。エミリーが手配した様々な物資の一覧だ。軍の正式な支給品、装備とは別に、彼女によって個人的に取り寄せられたそれらをざっと確認する。特に漏れはない。

先程までいたエミリーの部屋の前を通り過ぎる。にぎやかな声が聞こえてきた。グレンだけではなく、ロッティの声もする。

表情を変えぬまま、ほんの少しだけ吐息する。

出陣の前夜だが、そこにグレンがいる以上、セリーナが心配することなど何もない。彼の実力はセリーナの戦闘力を既《すで》に大きく上回っている。

第一印象は、あまりに頼りなく、やる気の空回りすら感じさせた彼だが、エミリーとの模擬《もぎ》戦《せん》や、リカードを始めとした強敵との続けざまの戦いが、グレンを間違いなく一流の重騎士へと成長させていた。

グレンの尋常《じんじょう》でない成長の早さは素質というものとは少し違う気がする。彼自身が人を護るための強さを求める意志と、そのために何が必要なのかを常に考え続け、実践し続けていることが、あれだけの急成長を可能としたのだろう。

エミリーを護りたいという気持ちも、そのための強さを求める心も、セリーナはグレンに劣《おと》るとは思っていない。だというのに、大きく力の差が開いている。

紙を摑んだ手で、動かない右手を撫《な》でる。この右腕が動けば、また違うのだろうかと、珍しく感傷的になっている自分に気づく。

戦場から戻った後、グレンとはあまりきちんと話していない。彼が戦に赴《おもむ》く前に衝突した手前、少し気まずいということもある。いまだ護衛騎士としての任を捨て、エミリーを置いて、戦に向かった彼を許せないのも確かだ。

それでも、グレンが今、エミリーにとって大きな心の支えであることは理解していた。それこそ、かつてのマティアスのように、彼はエミリーの『盾《たて》』であり、『戦槌《せんつい》』でもある。

別に怒っているわけではない。何を迷っているのだろうかと、答えのない考えに思いを馳せる。胸の奥の疼《うず》きが嫉妬だということもわかっていた。

ここに来た本来の目的を思い出す。用があるのは、エミリーの部屋ではなく、その隣、グレンの部屋だ。部屋の主はいないはずだ。だが、セリーナが用事のある相手は、何故か、アンが残っているだけの、その部屋にいると聞いてきた。実際、部屋の中から彼の声が聞こえてくる。

とりあえず、ドアをノックした。

「アンジェリカ様。セリーナです」

「……はい。どうぞ」

わずかな戸惑いの後、部屋の主から許可が出た。エミリーの部屋とは別の賑《にぎ》やかな声が部屋の中から聞こえてくる。

「失礼します」

迷っていてもしかたがないので、ドアを開けた。

アンが椅子に腰掛けていた。うつむいた彼女は何かを気にするように、チラチラと部屋の壁を見ている。

セリーナも彼女の視線を追った。

「よし！　そこですよ、ロッティ！　今がその時です！　正直、私はエミリー様よりロッティの恋路《こいじ》を応援していますからね！　親友として！　さあ、今です……甘く、切なく……囁《ささや》くのです。耳元に息を吹き込むように……。さあっ！」

二つに結った三つ編みを振り乱しながら、壁に耳をへばりつかせたヘーゼルがいた。

「うおお！　二人の女性に同時に詰め寄られるとはなんて男冥利《みょうり》に尽きる奴《やつ》なんだ！　なんと羨《うらや》ましい男なのか！　許すまじ！　許すまじ！　ああもう！　ほんとに許せないな！　ところで、ヘーゼルちゃんはそろそろ身体が火照《ほて》ったりとか、そんなことはないかい？」

ヘーゼルのすぐ横で、頬が歪《ゆが》むほどの勢いで耳を壁に張りつけ、叫んでいる男がいた。赤い髪を乱し、ヘーゼルに無視されるどころか、肘《ひじ》を入れられて悶絶《もんぜつ》しているのは無論、リカードだ。

それらと共にいるアンの戸惑いは当然のものに思えた。ただし、セリーナ自身は慣れた光景でもある。普通に見れば、意味不明な光景だが、だいたい、何をしているのか予想できる。

「最初、リカード様がベッドの下に潜《ひそ》んでいたのです」

質問するまでもなく、アンが説明した。姫教育を受けた淑女として妙な誤解をされたくないということなのだろう。リカードがベッドの下にいたことに関して、色々と疑問を覚えるが、確かに修道院でもありえた出来事だ。

「それで……色々あったのですけど。お兄様が出ていった後、突然、あんなことを始めて……」

セリーナにとっては今更呆《あき》れることでもないため、顔色一つ変えずに見守る。

肘《ひじ》を入れられ、悶絶していたリカードが再び立ち上がった。

「うわ！　大変です！　アンジェリカ様！　グレンが、グレンの奴、先程から姫様のお尻を苛《さいな》む機会を窺《うかが》っています！　これは変態です！　間違いない！　あんな男には見切りをつけて、僕のことをお兄様と呼ぶべきではないでしょうか!?」

壁の向こうから何が聞こえたのか、リカードが口走った。多分、グレンが姫教育でもしようとしているのだろう。

「グレンは変態！　リカードお兄様！　グレンは変態！　リカードお兄様！」

リカードが連呼する。

唐突にアンが立ち上がった。先程まで浮かんでいた怯《おび》えや戸惑いがすっと消え去る。

彼女は無言のまま、どこからか鞭を取り出した。グレンの持っているものとほぼ同じ短い鞭だ。お揃《そろ》いなのかもしれない。

そして、一言も発さないまま、壁に耳を当て、尻を突き出す形でいるリカードに歩み寄ると、思い切り鞭を振り下ろした。警告すら与えない。

小気味よい音が鳴り響く。

「う、うひぃぃ!? こ、これはアンジェリカ様の新たな愛情表現! もしくは求愛……」

「お兄様がお尻を苛むのは、ただ一途《いちず》に姫教育を求めてのこと。これはお兄様を愚弄《ぐろう》した者に与える裁きです」

冷徹に言い切ると、アンは何度も何度もリカードの尻を打《う》ち据《す》える。そのたびに、悲鳴が上がる。

「お、お待ちください。アンジェリカ様。ぼ、僕にそんな趣味は……!」

「姫教育すら愚弄するのですね。身のほどをわきまえてください。これより、屈辱以上に、苦痛を与えることを優先します」

耳に心地よい音が響き、リカードが身悶《みもだ》える。

彼は耳を壁に当てたままの姿勢で、尻のみを残してずり落ちていく。悲鳴が徐々に気持ちよさそうなものに変わっていくように感じたのが、気のせいなのか、そうでないのかはセリーナにはどうでもよいことだった。

すぐ横にいるはずのヘーゼルは気にした様子もない。

「ああ……。ロッティ……。そんな大胆な台詞を……。奥手な貴女《あなた》が、そんな積極さを示すなんて。親友として、貴女がそこまで成長したこと、嬉しく思います。でも、先を行かれているようで、少し複雑ですよ」

ヘーゼルは隣の惨劇には目もくれず、隣の部屋から聞こえる声に聞き入っていた。

リカードの身体が床に倒れ伏して痙攣《けいれん》する。口の端から涎《よだれ》を垂《た》らしつつも、幸せそうだった。

尻を上げたまま、うつ伏せのリカードを見下ろしていたアンの目がヘーゼルを捉《とら》える。その時になって、初めて、ヘーゼルの背中がピクリと反応した。

「ヘーゼル様……。何をしているのかと思っていたのですが。もしかして、貴女もこの薄汚い召使いと同じように、お兄様の会話を盗み聞いているのですか？」

アンの表情は変わらない。リカードに制裁を加えた時と変わらず、どこか感情を失った黒い瞳がヘーゼルを見据《みす》える。

「まさか。御冗談を」

完璧《かんぺき》な笑顔でヘーゼルが応じた。

「あえて言うなら、私の行動はアンジェリカ様や、グレン様と同じだと思います」

「同じ……ですか？」

「はい。グレン様が姫教育に長《た》けた紳士であることはもちろん存じています。しかし、いまだ姫教育の途上にあるエミリー様や、ロッティが、何か粗相《そそう》することがあれば。お二人を相手にしては、グレン様一人ではしつけきれない可能性もあるかもしれません。そこで、私はいざという時のために、このラゲーネン王国におけるもう一人の姫教育第一人者、アンジェリカ様がグレン様にその力をお貸しすることができるようにと、ここで情報収集に励んでいたわけです！　そこに転がっている品のない男とは違います」

もがき、起き上がろうとしつつも、何か言おうとしたリカードを踏み潰す。

「なるほど……。確かに、そうかもしれませんね。私では、思いつかなかったことです。ありがとうございます」

アンが素直に礼を言った。

「いえいえ。は!?　セリーナさんじゃないですか！　そういえば、何の御用でしょうか？」

「はい。実は……」

自分に話を振ることで、ヘーゼルがそれ以上の追及から逃れようとしていることはわかっているが、指摘する意味はない。セリーナはあくまで用件を伝えに来ただけだ。

ただし、その相手は今、ヘーゼルの足元でのびていた。

「……あれ？　もしかして、リカードさんに御用事でしたか」

「はい。どの程度で蘇生《そせい》するでしょうか？」

尻を叩かれた上、ヘーゼルに踏み潰されたリカードは完全に目を回している。

「あ、それでしたら、すぐに蘇生しますよ。私、こういうのは得意ですから」

言いつつ、ヘーゼルはその背に足を当てると、体重を乗せてまた踏んだ。蛙《かえる》の鳴き声に似た妙な音が出た後、彼の口から「うーん。むにゃむにゃ」と覚醒《かくせい》しつつあることを示す声が漏《も》れた。ヘーゼルの言うとおり、蘇生までそう時間はかからないだろう。

「そういえば……。ヘーゼル様。会議では、アイアランド伯への口添え、ありがとうございました」

先日の会議の席で、ジェファーソン伯や、グレンと共に、彼女の父、アイアランド伯がエミリーの言葉を支持してくれた。本来、アイアランド伯は中立的な立場にあった貴族だ。彼が立ち上がったことには、後でエミリーも驚いていた。

「あはは。それは私ではなくて、お父様に感謝してもらった方がいいですよ」

そう言うが、アイアランド伯が、エミリーに味方してくれたことには、彼女の活躍があったとしか思えない。いつも冗談ばかり言っている彼女が、友人のために身を惜《お》しまないことを、セリーナは知っていた。親友であるロッティだけではなく、彼女がエミリーのために動いてくれたことが、純粋に嬉しい。

「ありがとうございます」

「だから、私は……。ああ、もう。リカードさん、早く起きてください」

グイグイとリカードを踏みしめるヘーゼルはいつもよりも早口だ。

「ヘーゼル様は、明日からどうするのですか？」

特に聞くべき質問ではなかった。だが、恩人である彼女のことを気にしている自分に気づく。いつもなら、エミリーのことだけを考え、余計なことはしない。

心境の変化に自分で驚くが、エミリーの恩人だということを考えれば、しかたがないのかもしれないと納得する。

「ロッティが修道院に戻るらしいので、ついていきますよ」

「修道院に？　しかし……」

この戦時下に、彼女が修道院に戻る意味はあまりない。元々、ヘーゼルが修道院に入ったのは、他の諸侯の娘たちと繋《つな》がりをつけ、貴族の娘として恥ずかしくない程度の教養を身につけるためだ。

「戦争で結婚の予定も延びたままですし、親友も行くんですから、これはしかたないですよ」

「しかし、この戦時下では危険だよ」

頭を振りつつ、リカードがようやく立ち上がる。

「はあ。危険ですか……。そう言うリカードさんは、明日からどこへ？」

「ん？　僕は戦場に出るよ。グレンが行くんだから、しかたないさ」

いつものように軽い口調で、何でもないように言った。

「へえ……。知ってますよ。怪我が治ってないのは」

言いながら、ヘーゼルがリカードの肩を叩く。

顔をしかめ、リカードはうめいた。ヴィルヘルミーネからグレンを庇《かば》い、受けた傷は浅くなかったはずだ。

「ふふ……。つまり、ヘーゼルちゃんは僕に行ってほしくないと。涙ながらにすがりつくというわけだね。いいだろう！」

リカードが両手を大きく広げた。

「止めてもムダですね！　勇敢《ゆうかん》なリカードさん！　いってらっしゃーい！」

明るく手を振られるが、リカードは諦めずに両腕を広げたままでいる。

「あの……」

そこにアンが進み出た。

「……怖くないのですか？　戦場に行くのは。それに……やっぱり、どうして、お兄様が行かなければならないのかがわかりません。そんな危険な場所に」

戸惑いつつも彼女は尋ねた。

「いや、行かなければならないと決まってはいないですよ」

「え？」

「現に、兵は出すけど、戦場に出ない諸侯もいますし。そもそも、召集に応じていない連中も多いですから」

あっさりとリカードが応える。

「グレンにしても、エミリー様にしても。戦場に立たなければならないという決まりはありません。法的な話は別として。ただまあ、行かなければどうなるのか。それを理解して、自分の意思で行くことを決めているだけです」

「でも……。私はお兄様が危険な目にあうのは嫌なんです。行ってほしくないんです」

アンの気持ちはセリーナにも理解できる。本当ならば、セリーナもエミリーに戦場に立つような危険を冒《おか》してほしくはない。父や兄、ガスパールを相次いで失ったアンならば、余計そう思うだろう。

「とはいえ、アンジェリカ様が自分の想いを伝えた結果がああなのだから、まあ、これ以上言ってもダメでしょうね。あの男は」

いつもと変わらないリカードだが、どこか突き放しているように思えた。

セリーナが来る前に兄妹の間に何かあったのだろう。彼の言ったことが的《まと》を射《い》ていたのか、アンは言葉に詰まる。

「グレンのことは、僕よりもアンジェリカ様の方が御存知だと思います。それなら、一度言い出したあいつが、人の話を聞かないこともわかりますよね？」

「で、でも……」

「いやいや。無茶をすれば止めることはできると思いますよ。自らの命を盾《たて》に脅迫《きょうはく》でもすれば、きっと、あいつは止まりますよ。アンジェリカ様が大事だから。まあ……グレンを無理に止めるのか。それとも、見送るのかは、アンジェリカ様が決めることができると思います」

恐ろしいことを当然のように言い放つ。

ほぼ事実だと言えた。グレンは優しい。自分が戦《いくさ》に出ることでどうしてもアンが犠牲《ぎせい》になるというなら、彼はここに残ることを選ぶだろう。彼が戦場に立つ理由自体が、エミリーやアンを護るためなのだ。

アンは応えられない。迷い、泳いだ瞳がセリーナを見る。

「貴女《あなた》は……どうするんですか？」

すがるように問う。

「私はエミリー様に従い、戦場に赴《おもむ》きます」

セリーナにも迷いはなかった。無論、戦場に出ることに恐れはある。だが、装甲侍女《そうこうじじょ》として、エミリーを護ることが自分の使命であり、望みだということは揺るがない。自分にできることは、エミリーを護り戦うことだけ。エミリーや、グレンのように全てを護るとは言えないし、考えられない。だからこそ、エミリーだけは護り抜こうと必死になるのかもしれない。

不意に、セリーナは、リカードとヘーゼルがこの部屋にいる意味に気づいた。

彼らはエミリーしか見ていないセリーナとは違う。二人にはどこか似たところがある。いつも適当なことばかり言っているようで、実のところ繊細《せんさい》に周りの人間を観察している。リカードは使い捨ての暗殺者である亡霊騎士として、ヘーゼルは政略結婚の材料とされる侯爵家《こうしゃくけ》の娘としてそういうことを学んできたのかもしれない。

二人がこの部屋にいるのはアンを心配してのことだろう。最終的にはグレンやロッティのような、彼らにとって大切な者たちのためかもしれないが、二人がいることで、アンが慰《なぐさ》められていることも間違いはない。

エミリーを中心としてしか、ものを考えることができない自分とは違うのだと思う。

「ところで、セリーナちゃんは、僕に用なんだよね？　そこに愛はあるのかい？」

「……いいえ。ありません。しかし、用件があることは確かです」

いきなり声をかけられ、慌《あわ》てそうになったのを堪《こら》えた。セリーナが懊悩《おうのう》していることに気づき、話題を変えようとしたのかもしれない。努めて冷静さを取り戻しつつ、手にした紙の一枚をリカードへ差し出す。

「御要望の物資が到着しました。確認を御願いします」

渡された紙片を一瞥《いちべつ》し、リカードが頷《うなず》く。

「わかった。それじゃ、僕は少し用事ができたので、失礼します」

アンやヘーゼルに芝居がかった一礼を送り、ドアに手をかける。

「リカードさん」

セリーナは自然と声をかけていた。

振り向いたリカードの顔はいつもと変わらない。亡霊騎士としてエミリーを殺そうとした時とも変わらず、あの時のことをセリーナはまだ忘れられないでいた。彼はこの顔のままで、冷徹に人を殺すことができる。

その代わり、リカードが今では誰よりも信用できる男だということもわかっている。彼はある意味では自分にも近い。彼は主《あるじ》であるグレンのためになることならば、手段を選ばない。エミリーが関わる限り、おそらくはセリーナもそうだ。

「護りましょう。共に」

抵抗があるはずの言葉がすんなりと出たことに、自分でも驚く。

それはリカードも同じだったのか、少しだけ目を丸くしていた。

「セリーナちゃんのためならしかたない。結婚しよう」

「申し訳ありません」

拒絶の言葉に苦笑した時には、もういつものリカードに戻っていた。

もう一人の自分と言える、グレンの召使いを見送る。

彼に告げた言葉に、嘘《うそ》はない。

◆◆◆

部屋を出たリカードは一人、廊下《ろうか》を歩く。

アンとグレンが互いの想いを少しでも理解できたなら、それでいい。

妹の涙に引《ひ》き摺《ず》られたままでは、あの甘過ぎる友人は迷ったままで戦場に出ることになる。

命のやり取りでは、ほんの少しの心の揺らぎが生死を左右する。劇的に腕を上げたとはいえ、未熟なグレンがその状態で生き残ることができると考えるほど、リカードは楽観的ではない。

自分を慕《した》う妹の世話も、自《みずか》らの心の整理ひとつできない主を情けなく思いつつも、それでこそのグレンだとも考える。

「ここは本当にもったいない場所だなあ。……この僕には」

遠ざかっていくグレンの部屋を振り返りもせずに呟《つぶや》く。

先程まであそこにいたのは、ただグレンの補佐のためだけではない。単純にヘーゼルやアンと一緒にいて、騒ぐことに楽しさを感じていた。

同時にどうしようもない後ろめたさが胸の奥に湧《わ》き起こる。

リカードは元亡霊騎士だ。戦闘力をジョゼフに買われ、自分が生きるために多くの人間を殺してきた。グレンの召使いとなった後は、彼のことを騙《だま》しながら、時に利用しながら、やはり人の血で手を染めてきた。

先刻まで話していた、ヘーゼルやセリーナのことも殺そうともした。修道院を襲撃したあの時、リカードは彼女たちに対して顔で笑いながらも、殺意すら抱いていなかった。ただ、目的のために殺す。それだけしか考えていなかった。グレンが力ずくで止めなければ、エミリーもセリーナも、ヘーゼルたちも確実に殺していただろう。

そんな自分が、彼女らと本心から笑い合っていた。本来なら、あってはいけないことだ。彼女たちが自分を心から許すようなことがあってはいけないとも思っている。

王宮を出て、城壁沿いに並ぶ天幕の一つに向かう。そこには戦に向けて運び込まれた物資が積まれていた。

その中の一つに目的のものを見つける。外から入り込む松明《たいまつ》の灯《あか》りに照らされた鎧櫃《よろいびつ》だ。グレンたちのものと違い、飾り気のない箱を開く。

そこには大甲冑《だいかっちゅう》が収められていた。剝《む》き出しの鉄の地肌が炎の色に光る。鈍《にぶ》い輝きを宿す装甲は、箱の中でなおその分厚さを主張していた。

色こそ違うが、リカードにとって見覚えも愛着もある大甲冑だ。

「僕がこれを身に着けて……重騎士として戦うことになるとはね」

それは、リカードが亡霊騎士として使っていた大甲冑だった。輝鉄《きてつ》をも塗《ぬ》り潰《つぶ》す黒い塗装は完全に剝《そ》ぎ落とされている。無断製造である亡霊騎士の大甲冑にはなかったはずの、番号が鉄の地肌に彫《ほ》り込まれていた。エミリーが何らかの手段を用いて、正式な大甲冑として登録したものだ。もはや、存在しないはずの存在である亡霊が纏《まと》う甲冑ではない。

大甲冑自体の準備はおそらく、エミリーがグレンの救援に出撃した時には指示されていたのだろう。それに加え、先日、彼女に頼み込んだ武装の数々も注文したとおりに揃えられている。

グレンの横で本来の力で戦うことができることが嬉しい。同時に、やはり、自分などがこうして戦場に立とうとしていることには違和感を覚える。

足音が近づいてきた。

見れば、かがり火の下、二つに束ねた三つ編みを揺らして、ヘーゼルが立っていた。

彼女の目は鎧櫃の中身を見ていた。いつもの明るい表情がかげる。

「リカードさん。それはあの時の……」

ヘーゼルにしては声が固い。無理もないと思う。そこにある大甲冑は、リカードが亡霊騎士としてエミリー修道院を襲った時に身に着けていたものだ。あの時、リカードは、邪魔《じゃま》な虫を潰すのと同じように、ヘーゼルを殺そうとした。

「ああ……。あの時はすまなかったね」

謝罪の気持ちに偽《いつわ》りはない。あの時とは違う。

「それはそうですよ。なんと言っても、私たちは殺されかけたんですから」

ヘーゼルはいつものように冗談を言って、笑おうとする。だが、言葉は固く、笑みは強張《こわば》っていた。怯《おび》えて当然だろう。

「そうだね。反論なんてできない。僕に躊躇《ちゅうちょ》はなかった」

何か応えようとしながらも言葉が出ず、ヘーゼルが黙り込む。ヘーゼルはリカードの目を見ない。リカードもまた、彼女にかけるべき言葉が思いつかない。

沈黙が降りる。炎の中で木々が弾ける音と、深夜にも拘《かかわ》らずなお、戦の準備に奔走《ほんそう》する人々の声だけが聞こえる。

「あー。そうだ。さっきはありがとう。三文芝居《さんもん》に付き合ってくれて」

無理をして、会話を繋《つな》ごうとする。アンの部屋にヘーゼルが来たのは偶然ではない。前もって、打ち合わせておいた行動だ。

「あ……。いえ。いいんですよ。グレン様に恩を売るためですから、あのぐらいは」

いつものように明るい声を出すヘーゼルだが、その瞳が泳いでいる。

「うはは。僕もまさか、悶絶《もんぜつ》するほどに首をやられるとは思わなかったけどね」

リカードはヘラヘラと笑う。ヘーゼルも軽口を返そうとするが、うまく言葉が選べないのか、口籠《くちご》もり、笑顔は苦笑に変わる。

それもやがて消えた。

もう一度、リカードとヘーゼルの間に沈黙が降りた。

ヘーゼルと二人でいて、会話が途切れることは珍しい。いつでも、どんな状況でも彼女は周りの空気を和《なご》ませる。おそらくは、そういう努力をしている。薄汚い殺し屋に過ぎなかったリカードに対しても、皮肉まじりに本音と冗談で接してくれることがいつも嬉しかった。

そんな彼女に恐怖を感じさせてしまったことに、深い罪悪感を抱く。後悔するには、あまりに遅過ぎた。

「僕は……そもそも汚れた人間だ」

何を言い訳がましく喋《しゃべ》っているのかと、自分で思う。

「でも、まあ……。心とか、そういうものはあるらしい。なんというか、それに気づけたことには自分でもほっとしている」

当たり前のことを口にしてどうするのかと、後悔がついてくる。開き直って冗談を言うのが、いつもの自分のはずだが、うまくいかない。焦《あせ》りのまま、言葉だけが先に出る。

「あの頃より……。多少の変化はするさ。君たちはいい人間過ぎるからね」

あまりに冴《さ》えない言葉だ。ヘーゼルは呆れるというよりも驚いていた。

「だから……。信用してほしい。いや、信用されなくてもいい。僕は……グレンだけじゃなくて。君たちも護るつもりで戦いに行く」

自分の言葉に驚く。滑り出した言葉に嘘はない。むしろ、自分がそんなことを考えていたことに驚き、そして、何よりも照れる。あまりにガラでもない台詞《せりふ》だ。

……これはどっちかというと、グレンの台詞だろ。

照れを隠し、頭を掻《か》く。「うはは」と笑いつつ、ポカンとしているヘーゼルを見る。いつものように呆れてほしい。その方がいくらか気が楽だ。

「どうだい？　惚れたかい？　惚れただろ？　さあ、それならば、ここには誰もいない！」

言ってから周りを見てみる。本当に目につく場所に人影がない。

「さあ！　さあ！　口付けするなら今だ！」

アンの部屋でしたように、大きく両手を広げる。

冗談のつもりが、完全に滑っていた。何を言っているのかと、夜空に一声叫びを上げた後、走り去りたくなる。

ヘーゼルの目はどうしようもないものを見るような、むしろ、慈《いつく》しみの光すら帯びていた。

「そうですね。今だけですよね」

ヘーゼルが呟く。同時に、彼女との距離が詰まった。

歩み寄った彼女が背伸びしてきたことに気づいた時には、既に二人の唇は重なっていた。

「……ん」

ヘーゼルの瞳が閉じた。重なり合った唇が熱い。彼女の吐息が間近にある。

甘い匂いと胸に触れる温かな感触に意識が飛びそうになる。

短いのか長いのかわからない時間の後、ヘーゼルがゆっくりと身を離した。

かがり火のせいか、それとも別の理由でか、白い頬《ほお》を紅潮《こうちょう》させた彼女は、いつものように悪戯《いたずら》っぽく笑った。

「そうですねー。今だけですよね。私がこんな不義に走ることができるのなんて」

開いていた両手を閉じることもできず、呆然とするリカードに対し、得意げに語る。

「そんなわけで、戦場に向かう勇者様へ。励ましの口付けを差し上げました。よかったですね。役得ですよー」

「あ、ああ……」

とっさに言葉を返すことができないリカードを見るヘーゼルは満足げだ。

「その鎧を身に着けるということは、エミリー様から騎士叙勲《じょくん》を受けたんですよね」

「よく知ってるね」

ヘーゼルの言うとおり、リカードは昨日、エミリーの独断で騎士の位《くらい》を得ている。

「だからですよ？　口付けしてあげたのは。たかが騎士階級。伯爵令嬢の私と比べれば、身分は雲泥《うんでい》の差。でも、一応の貴族階級ですからね。しかたなーく、しかたなーく、役得をあげました」

普段から早口のヘーゼルだが、今日はいつも以上に早口で喋《しゃべ》る。プイと背《そむ》けた顔は、本来の年齢よりも、彼女を幼く愛らしく見せる。

「そんなわけですから、自惚《うぬぼ》れたりしないでくださいね」

「ああ……。うん。いや、これは……」

傍若無人《ぼうじゃくぶじん》では右に出る者がいないエミリーを相手にしても、心の中は常に冷静に保ってきた。それが今、乱れに乱れている。

「参った」

何か言おうとしたが、そんな冴えない言葉しか出なかった。あまりに完全な不意討ちだ。心が熱い。汚れた自分が塞《せ》き止《と》め続け、目を逸《そ》らしてきた何かが溢《あふ》れ出たような気がする。

「ヘーゼルちゃん。その……あれだ。もう一度だけ御願いしていいかい？」

心のままに口にしていた。

ヘーゼルの顔は目に見えて赤い。もうそれが炎の色などではないことはわかっていた。

「……あまり調子に乗らないでくださいね。私は常に玉《たま》の輿《こし》狙いで、婚約中の身なんですから。……まあ、いいですけど」

瞳を閉じたヘーゼルを抱き寄せた。リカードもまたゆっくりと目を閉じていく。

再び唇が重なった。悩ましげな吐息が漏れ、熱い感触が絡《から》み合う。

こんな幸せを授かるべきではないと思う。血肉の泥沼に沈んでいるのがお似合いな亡霊騎士風情《ふぜい》は、ここにいてはいけない。

しかし、今だけは彼女を感じていたい。

リカードはグレンほど楽観的にはなれない。ヴェルンストとの戦はおそらく、自軍の倍以上の兵力を相手にする激戦となる。そんな中で自分だけは生き残れると考えるほど、自惚れてはいない。

だが、死にたくはないと思った。生き残れたら、何か変わることができるのだろうかとも考える。

あまりに分不相応な願いを抱いている自分を冷静に見詰めながらも、腕の中にいる、いつの間にか大事になってしまっていた人を強く抱いた。

その温かさを忘れないことを、ガラにもなく願う。

◆　◆　◆

壮観な光景が眼下《がんか》に広がっていた。

高台に立つグレンの前に王都へ集結した諸侯の全軍の姿がある。

先日戦った半島軍や、ノーフォーク軍は確かに大きな勢力ではあったが、王国のほぼ全ての兵力が結集した軍の規模とは比べるまでもない。

敗残兵同然の、ジェファーソン軍、ノーフォーク軍が駐屯《ちゅうとん》していた場所には、今、これから戦に向かおうと白銀の武器を突き上げた、ラゲーネン王国の精鋭たちが並び立ち、色とりどりの諸侯の旗が吹き抜ける風に大きく翻《ひるがえ》っていた。

息を呑《の》み、大軍を見下ろすグレンの肩が軽く叩かれた。金属と金属の触れ合う音がする。

見れば、リカードが傍《かたわ》らにいた。彼は大甲冑《だいかっちゅう》で武装している。胸と肩の鎧《よろい》が大きく膨《ふく》れ上がった重装甲の大甲冑に、グレンは見覚えがある。表面の色は以前見た時と違い、鉄の鈍《にぶ》い光沢《こうたく》があり、甲冑の上から纏《まと》う厚手の外套《がいとう》は白く染められている。しかし、彼が纏う大甲冑は、まぎれもなく、エミリー修道院でグレンと戦った時のものだ。

以前、敵としてまみえ、二度と見ることがないと思っていた大甲冑を前に、複雑な気分になる。同時に、これ以上、頼もしい味方はいないということもわかっていた。

「さあ、行こうか。グレン」

「ああ。リカード」

頷《うなず》き、歩きだすグレンも既《すで》に武装している。できる限り修復した胸当てだが、やはり歪《ゆが》みは残っていた。兜《かぶと》の角《つの》も直っておらず、一本が欠けたままだ。鎧通《よろいどお》しと、投擲具《とうてきぐ》だけは新しいものを用意することができていた。

歩くたび、腕や身体《からだ》が痛む。エルネストやヴィルヘルミーネとの戦いで受けた傷はいまだ完治していない。よくよく考えれば肋《あばら》の一本は、おそらくエミリーの蹴りで罅《ひび》を入れられたものだが、悪気はなかったのだから、しかたがない。

隣を行くリカードからは、鉄と革《かわ》の匂《にお》いに混じり、薬の匂いがしていた。湿布《しっぷ》なのか、軟膏《なんこう》なのか、強く香る。彼もまた、ヴィルヘルミーネとの戦いで、グレンを庇《かば》った傷が治りきっていないのだ。そもそもが、斧《おの》を突き立てられたほどの深手だ。利《き》き腕の動きが少しぎこちないことを、強化されたグレンの感覚は見逃していない。

「リカード。お前、その傷……」

「お互い様さ。残念ながら、色々退くことができない理由が増えたから、それ以上言ってくれるな。それにだ」

やけに楽しげに言いつつ、集まった諸侯《しょこう》を指差す。

「今後の合流予定の兵力を含めれば、重騎士二百、兵力二万。たいした集まりじゃないか」

「そうだな」

リカードの言うとおり、ラゲーネン軍はあの日、召集された諸侯の想像を超える集まりを見せていた。ベレスフォード公が正式に参戦したことが、様子見していた諸侯の多くを動かしたのだ。彼が、態度を決めかねていた諸侯の参戦を促したことも大きな要因だろう。

「それでも……。やはり参戦しなかった者はいるんだよな」

「まあ、しかたないさ。確実に勝てるかどうか。……というか、傍《はた》から見れば、どうしようもない負け戦だからね」

実際のところ、参戦する諸侯は七割程度だと聞いている。先日の半島軍やヴェルンストとの戦いでノーフォーク軍やジェファーソン軍に同行し、壊滅的《かいめつてき》な打撃を被《こうむ》った者たちも多い。また、損害はなくとも、理由をつけ、日和見《ひよりみ》を決め込む者はやはりいる。彼らに憤《いきどお》りを感じるものの、現状の戦力でさえ、ヴェルンストの圧倒的兵力とは大きな隔《へだ》たりがある。戦わないことを選択する者を恨《うら》むよりも、戦うために集まってくれた諸侯への感謝の方が大きい。

「敵は三万を超えているんだよな……」

「しかも、増援増殖中とかね。四万はいくんじゃないか？　まあ、不利は承知の戦いだろ」

言いつつ、リカードが背後を指した。

王都から近づいてくる馬車がある。紋章《もんしょう》こそ剝《は》がされているが、見覚えがある。ノーフォーク家のものに違いない。

「ノーフォーク家の？　いったい、誰が？」

首を傾《かし》げるうちに馬車がグレンの前に停《と》まる。姿を見せたのはロッティだった。

「ロッティさん。どうしてここに……？」

彼女が応える前に、その後ろから別の少女が姿を見せた。腰にまで届く長い黒髪が弾《はず》み、細い足が緑の野を踏む。

「お兄様……」

馬車を降り、うつむいた顔を恐る恐る上げながら、少女、アンが言った。

「アン……」

結局、昨日の夜からアンとは話をしていない。今朝《けさ》、わずかばかりの仮眠を取り、目覚めた時には、部屋に彼女の姿はなかった。

あの時、彼女が頷いたように見えたのは、グレンの都合のいい勘違《かんちが》いかもしれない。止めに来たとすれば、それを振り切ることができるのかと、自分に問う。

「違います。お兄様」

グレンの戸惑いを読み取ったかのように、アンが首を大きく横に振る。

「私はもう止めたりしません。お兄様が決めたことでしたら。それに、お兄様は約束してくれました。……必ず帰ると」

アンの黒い瞳がグレンの目をじっと覗《のぞ》き込む。目の周りが少し腫《は》れているように見えた。もしかすると、この決意のために、昨日の夜、一人で泣いていたのかもしれない。

アンが振り向くと、ロッティが頷《うなず》き、馬車の中からそっと顔を出していたヘーゼルが笑っている。

「お兄様の決めたことでしたら……。私は止めません」

決意を込めてもう一度言うと、アンの小さな身体がグレンの胸に飛び込んできた。

「そんなお兄様だから……。私は愛しています」

鎧の上から腰を抱く細い腕に力がこもる。

「俺もだよ。アン」

籠手《こて》をつけたままの手で彼女の頭を撫《な》でた。

一生懸命考えてくれたのだろう。彼女が悩んだことは寝不足の顔を見ればわかる。妹を置いていくという我儘《わがまま》を許してくれたことが嬉しい。

黒髪を梳《す》いてやると、赤らめた頰を鎧の胸に預け、瞳を閉じた。ここのところ、辛《つら》そうな表情しか見ていなかっただけに、ほっとする。

「アン……。許してくれ」

「いいんです。お兄様。私はお兄様の言うことでしたら、何でも聞きます」

「ふふ。わかったよ。でも、我儘は俺もお互い様だ」

「ああ……。お兄様。お兄様っ！」

心地よさげな吐息が混じる。

「グ、グ、グレン様……。あ、あの……」

ロッティがうろたえている声らしいものが聞こえた。気のせいだ。

「いやいや。ロッティちゃん。この二人はいつもこうだから」

何か聞こえた気がしたが、おそらく気のせいだろう。今はアンしか見えず、聞こえない。

「お兄様……。必ず、帰ってきてください」

「もちろんだよ。アン。俺が約束を破るわけないだろ」

「はい」

恥ずかしげにうつむき、アンが身を離す。

「でも、お兄様。約束してほしいんです。だから……」

アンがどこからか見慣れた鞭《むち》を取り出した。昔、グレンが、自分のいない時に、自《みずか》らを御仕置きし、姫教育の予習復習ができるようにと与えた、古く使い込まれた短鞭《たんべん》だ。

「これを持っていってください」

グレンの持つものと全く同じ形の鞭を、手に握らせてアンは言う。

「私はまだ本当の淑女《しゅくじょ》ではありません。昨日の……1ペシンも残っています。だから、必ず帰ってきて、御仕置きしてください。姫教育してください」

見上げる彼女の瞳から涙がこぼれる。グレンを理解しながらも、別離の辛さを我慢していたのだろう。

「だから、必ず……」

「アン……。俺の言うことを信じられなかったんだ。これも1ペシンにしておくよ」

アンの手から鞭を抜き取りながら、グレンは優しく微笑んだ。

「帰ったら、お尻をペシンするからね」

「ああ!? お兄様！」

鞭を鳴らすと、アンが心地よい声を上げた。

「あ、あの……。グレン様。姫教育はわかるんですけど。なんだかその、エミリー様の場合と、ちょっと違うように……。何が違うかわからないですけど、でも……」

「ロッティちゃん。これに関してだけは、グレンはもう、色々手遅れだから諦《あきら》めるといいと思うよ」

「それはわかっているんですけど、でも……。あの、グレン様……」

「ダメだ。聞こえてない……」

また何か聞こえたように思えたが、やはり、空耳だ。

「アン。この鞭にかけて約束する。俺は必ず、お前のもとに……。愛する妹のもとに帰る！」

「はい！　お兄様！」

頷き、身を離す。アンは涙で潤《うる》んだ瞳でグレンを見上げていた。もう一度、彼女の頭を撫でる。

ふと気づけば、何故かロッティが顔を真っ赤にしている。隣で溜息をついているリカードが何か悪戯《いたずら》でもしたのではないかと睨《にら》むと、彼はもう一度大きく溜息をついた。心底、呆《あき》れたような顔をしているのが心外極まりない。

「じゃあ、アン。俺は行くから。アンは俺が帰るまで、王宮に……」

「いいえ。お兄様」

アンは首を大きく横に振った。

「私はロッティ様たちと一緒に、修道院に向かいます」

妹の言葉をロッティが肯定《こうてい》する。

「どうして。そんな。今は……」

危険だと言おうとしてやめる。アンの瞳は揺らいでいない。おそらくは彼女自身が決めたことだ。それならば、同じように制止を振り切り、戦場へ出ようとしている自分が止めることなどできない。止めたいが、止めてはいけないと思う。

「ロッティ様やヘーゼル様に相談したんです。一緒に、お兄様の無事を祈りたいと」

ロッティが頷き、ヘーゼルが当然だという顔をした。

「それに……お兄様が戦い、護ったという場所を知りたいんです。私は私が知らないお兄様のことをもっと知りたい。お兄様と関わった人たちのことも知りたい。そんな場所だから、お兄様のことを、本当に応援できると思うんです」

「アン……。ロッティさん、ヘーゼル」

二人の修道女と、最愛の妹が自分の無事を祈ってくれている。アンから受け取った鞭を握り、そのことがどれほどの幸せなのか、嚙《か》み締める。

「必ず帰るよ」

グレンは迷いなく言った。決して死なないというエミリーとの誓い。そして、今、彼女たちと交わした約束。それを破るわけにはいかない。

「信じています。お兄様」

アンが晴れやかな微笑みを浮かべた。

「お待ちしています。グレン様」

祈るように胸の前で手を合わせ、ロッティが言う。

「リカードさん。ロッティのために、グレン様を引《ひ》き摺《ず》って帰ってきてくださいね」

馬車から降りないままで言うヘーゼルに、リカードが力強く頷く。

約束の言葉を交わし合い、二人の修道女と妹が馬車に乗り込み、遠ざかっていく。二人は王宮へ戻っていく馬車を見送る。

やがて、その姿が王都の門を潜り、消えた。

それを見届け、リカードが口を開いた。

「……なあ、グレン。さっきの話、最後以外、絶対おかしいからね。いい話めいていたのは、最後だけだからね。特に姫教育のあたりは、いつもどおり、どうかと思ってるよ」

何を言っているのか理解できない。

「姫教育は俺の使命だ。いや、もはや女王教育なんだ」

拳《こぶし》を握り締める。

「うん。まあいいよ。君はそれでこそ、グレンだ」

呆れたような、感心したような、妙な表情を兜の下に浮かべると、リカードは歩き出した。

彼と共にグレンも、集結したラゲーネン王国軍の元へと向かう。

グレンは一度だけ王都を振り向いた。王都の中央にそびえる白亜《はくあ》の宮殿が見える。

師であるマティアスと出会い、ガスパールとも言葉を交わした場所だ。そして、今はエミリーと共にグレンたちが帰るべき場所でもある。

必ず帰ると、ロッティやヘーゼル、そして、アンに誓う。

◆
◆
◆

「そ、それは正気ですか……？　い、いえ。失礼。しかし……」

冷静なはずのベレスフォード公が愕然《がくぜん》としていた。

「いや……それは、いくらなんでも……。エミリー様といえども……」

ジェファーソン伯の顔は引きつっている。

野営地に建てられた天幕に集まった諸侯は、皆、驚愕《きょうがく》に顔を染めていた。まともに喋《しゃべ》ることができず、ただただ喘《あえ》ぐだけの者が大半を占める。喋ることができた者も、驚きの言葉を上げるだけで、あのエルネストすら皮肉を言う余力などない。中には天を仰《あお》ぎ、卒倒しそうになる者もいる始末だ。

そこに居合わせたグレンもまた仰天《ぎようてん》していた。

正式な作戦会議の場だというのに、無謀《むぼう》を通り越して、呆れることもできず、ただただ驚くしかない作戦を提案した者がいる。彼女だけが、この場で堂々と、自信に満ち溢《あふ》れた表情で諸侯を見回していた。

彼らの前に立つのは、言うまでもなくラゲーネン新国王エミリー・ガストン・ラングリッジだ。いつものように腕を組んだ彼女は自信に満ちた瞳を諸侯へ向ける。

「策と言うには、あまりに無謀です。万が一、失敗すれば……いえ、ほぼ確実に失敗するでしょう」

ベレスフォード公が努めて平静を保とうとしながら告げる。彼の頬《ほお》を汗が流れ落ちたのは、夏の暑さのせいだけではないように思える。

「確実に失敗するとは、失敬な言葉だな。ベレスフォード公」

大甲冑《だいかっちゅう》に身を固めたエミリーは、自分の後ろに立てられた敵軍の布陣図を叩《たた》く。斥候《せっこう》の調査によるものだが、敵は大軍ゆえに大きな間違いがあるとは思えない。

「ならば、このまま正面から戦い、勝利する方法……。いや、妾《わらわ》の提示した策以上の、効果的な策を提示してもらいたいな」

ヴェルンスト王国軍は北進するラゲーネン王国軍に対し、河岸要塞《かがんようさい》を背にする形で布陣している。だが、要塞守備隊による挟撃《きょうげき》も掩護《えんご》も期待することはできない。

ヴェルンスト王国軍の兵力は四万を越えていた。重騎士の数のみでも、四百を越える。ラゲーネン王国軍のほぼ倍の兵力だ。その兵力の一部を後方への備えとして配置し、さらに土嚢《どのう》を積み上げ、防柵を築くことで河岸要塞を封じている。加えて、河岸要塞のさらに北、サウスエンドの大河を越え、また船上から要塞への攻撃を続ける部隊すらある。河岸要塞は完全に封じ込められていた。

「諸侯はよく集まってくれた。想像以上の軍勢が今ここに集《つど》ってくれている。ラゲーネンの重騎士はヴェルンストの騎士どもに負けぬ精鋭が揃っている。それに関しては、妾が保証しよう！　だが！」

絶望的な戦力差が描かれた布陣図を指す。

「倍する敵に正面から勝てる道理はない。さらに、この布陣図には暴竜鉄騎兵《ぼうりゅうてつきへい》どもの姿はない！」

諸侯がざわつく。ジェファーソン伯など、彼らと直接槌《つち》を交えた者たちの表情は目に見えて曇《くも》っていた。

わずか二十騎でジェファーソン軍三千を撤退に追い込み、ノーフォーク軍を壊滅させた鋼鉄の騎兵隊。ヴィルヘルミーネ本人が率いていた、異形《いぎょう》の騎馬集団の強さは、既に諸侯にも知れ渡っている。

「しかし、我がベレスフォード軍の防衛力であれば……」

先代ベレスフォード公マティアスによって鍛《きた》え抜かれたベレスフォード公爵軍は守りに長《た》け

ると、グレンも聞いたことがある。

自軍の実力を誇示しようというよりも、それが通用するのかと、諸侯の反応を求めて言った彼の言葉に対して、ジェファーソン伯が悔しげに首を振った。

「不可能ですか……」

反論もせずにベレスフォード公は口を閉じた。

「だからこそ妾は先程の策を提示した。この時のため、図面を取り寄せ、妾は職人どもの指示を受けた。必要な装備も取り寄せてある。伝令は複数放つつもりだ。一人でも辿《たど》りつくことができればいい。無論、連中に与える情報は制限する」

彼女が呼び寄せた者たちとの会談には、グレンすら参加していない。だから、彼女の策を聞いた時には、耳を疑った。諸侯が慌《あわ》てふためくのもわかる。

「寡兵《かへい》である我が軍が勝つための条件が二つある。一つは暴竜鉄騎兵を必ず討ち倒すこと。もう一つは、奴らが無意味だと思っているものを、最大の武器にすることだ」

陣形図に描かれた敵軍を握ろうとでもいうように、掌《てのひら》を広げる。

「この戦はなんとしても勝利しなければならない。敗北すれば、もはや後はない。そのためならば、妾たちは利用できるもの全てを、惜しむことなく利用し尽くす必要がある！　それが何であってもだ!!」

エミリーの声が朗々と響き渡る。

「妾は信じている。ラゲーネンの重騎士には、これを成せるだけの力があると」

エミリーがベレスフォード公に向き直る。

「どうだ？　ベレスフォード公」

「どうだと言われましても……。策としては不確定な要素があまりに多過ぎます。これでは採用などできません」

ベレスフォード公が苦笑した。

「しかし、幸いなことに……。この場には幾多の戦いを生き抜いてきた者たちが揃っています」

ベレスフォード公はその場に集った諸侯を見回した。

「これより、エミリー様の策を実現させる術《すべ》について、皆で討議しようと思いますが、よろしいですか？」

ベレスフォード公の言葉に、諸侯が頷く。

「生意気なことを言う」

鼻で笑いながらも、エミリーの顔に不快感は見えない。

「いいだろう。妾の天才的な策、貴様らの脳髄《のうずい》を駆使して、さらなる高みへ引き上げろ」

「お任せください。エミリー陛下《へいか》」

ベレスフォード公が一礼し、諸侯もまたそれに続いた。

満足げに頷いた後、エミリーはグレンを一瞥《いちべつ》した。何も言わずともその挑発的な視線だけで、彼女が言いたいことはわかる。

エミリーの提示した策は、あまりに乱暴で、力任せで場当たり的なものだった。失敗すれば、ラゲーネン軍自体が壊滅する可能性すらある。その上、グレンはその策の中で、重要な役割を与えられていた。

……できるか？　グレン。

声に出さず、彼女がそう言ったことがわかる。

あまりに分不相応な大役だ。だが、自分がそこにいなくてはいけないこともわかっている。

ならば、グレンはこう答えるしかない。

……もちろんです。エミリー様。

声に出さない答えにも拘《かかわ》らず、エミリーは誇らしげに頷いた。

◆
◆
◆

北へ向かう兵が列を成す。

甲冑《かっちゅう》に身を包み、鋼《はがね》の武器を強い夏の日差しに照り輝かせながら、完全武装の兵たちが北へ北へと、行軍していく。

兵と、彼らを率いる重騎士の姿を、村人たちは不安げな面持ちで眺めていた。

その村は国の中心である王都からも、ルルジェからも遠く離れた場所にある。

この数週間、近隣の村々が襲われていた。隣国の兵が侵入してきているのだと、多くの村人は聞いていた。戦争がまた始まるという不安と、いつ村を焼かれるのかわからない恐怖に、多くの村人は憔悴《しょうすい》している。

彼らとは別の一団がいた。みすぼらしい服を着て、煤《すす》けて汚れた顔で兵たちを見ているのは、焼かれた村から逃れてきた者たちだ。彼らの存在が、村人たちの不安をより煽《あお》る。

「あの兵隊は、敵なのか。味方なのか」

「護ってくれるのかねえ……」

畏怖《いふ》と不信に満ちた暗い目をした村人たちが呟《つぶや》く。

その中に大柄な農夫と、息子らしい少年の姿があった。

彼らの目は、他の村人たちとは別のものを見ている。

行軍する兵の向こうに、黒く広がる森がある。その森の奥、高台には石造りの城砦《じょうさい》がわずかに姿を覗《のぞ》かせていた。かつて、この近隣一帯を治める領主が住んでいた屋敷の跡だ。

今では無人となったそれを、農夫と少年は見詰めていた。

鉄の足音を打ち響かせて、軍が行く。

諸侯《しょこう》が掲《かか》げる旗が雄々《おお》しく翻《ひるがえ》り、縫《ぬ》い込まれた金糸《きんし》が陽光に煌《きらめ》いた。

獲物に摑《つか》みかかろうとする猛々《たけだけ》しい獅子鷲《ししわし》の紋章《もんしょう》。何かを護るように向かい合う竜の紋章。

大甲冑登場以前の戦場で用いられた剣が、盾《たて》と共に描かれたどこか古めかしい紋章。それらに囲まれて、一際《ひときわ》大きくはためく旗がある。

翼を大きく広げた巨大な鳥の紋章だ。熱い風を受け、旗が翻るたび、その両翼が空を打つかのように、バサリと音を立てる。

「あっ！　あれって」

少年が声を上げた。日焼けした顔を綻《ほころ》ばせて、父を見上げる。

「似てるよね。あの旗」

指差す少年の頭を乱暴に撫でて、父親が大きく頷いた。

通り過ぎる兵たちの中に一際物々しい一団がいる。隊列の他の場所に比べ、重騎士たちの密度が濃い。

騎乗した多くの重騎士たちの中、一人の女騎士の姿があった。

彼女が纏《まと》う大甲冑は磨き抜かれ、白銀の輝きを放っている。白い羽根で飾られた兜から、眩しいほどに輝く金色の髪が流れ出る。その腕には太い鎖《くさり》が絡《から》みついていた。鎖の先端に繋《つな》げられた人の頭ほどもある巨大な刺《とげ》付きの鉄球を女騎士は無造作に肩から引っかけている。

大甲冑の胸で、輝鉄の輝きが描くものは、翼を広げた真紅《しんく》の大鳥の姿だ。

「姉ちゃん！」

少年がいきなり声を上げた。

驚いた村人たちが慌てて彼の口を塞《ふさ》ごうとする。

しかし、その時、馬上の女騎士が手を上げ、進軍を止めた。

彼女は少年と、その横に立つ父親を見ていた。慈《いつく》しむように青い瞳が細められる。

女騎士が鉄球を握るのとは逆の手を大きく振った。少年と父親が手を上げ、歓声で応えると、彼女は笑った。

爽《さわ》やかではあるが、どこか猛々しい笑顔だ。

女騎士と父親がどちらからともなく、頷き合う。

そして、再び軍が進み始めた。

北へ向かう軍を村人たちが見送る。不安に満ちた眼差しの中で、少年と父親だけは何かを信じるような、強い目をしていた。長い行列が通り過ぎるまで、二人はそこで軍の後ろ姿を見送り続けた。

第三章

槍《やり》ほどもある矢が降りそそぎ、鉄の衝突音と雄叫《おたけ》び、断末魔《だんまつま》が入り混じる中、ラゲーネン王国軍、ヴェルンスト王国軍の大軍勢の真正面からの衝突を、ベレスフォード公は目《ま》の当《あ》たりにした。

ベレスフォード公は若いながらも戦《いくさ》の指揮《しき》を執《と》った経験がある。ジェファーソン伯《はく》やアイアランド伯のように、『ロアンヌの乱』などの大戦を体験した歴戦の指揮官ではないが、マティアスがまだ現役であった頃に初陣《ういじん》を飾り、その引退後はベレスフォード公爵軍《こうしゃくぐん》を率《ひき》い、幾度も戦いに臨《のぞ》んでいた。

そんな彼でさえ、これほどの大規模な戦は初めての経験だった。

ラゲーネン王国北方、古ラゲーネン王国期に王国の最南端であり、サウスエンドと名づけられながらも、古王国の滅亡を経《へ》て、皮肉なことに新王国の北端となった地で、ラゲーネン王国は侵入したヴェルンスト王国軍への決戦を挑んだ。

四万を超えるヴェルンスト軍に対し、ラゲーネン王国軍はわずか二万。

敵軍の背後には、包囲されたサウスエンド河岸要塞《かがんようさい》がある。川と要塞を背にしながらも、ヴエルンストの攻勢には躊躇《ためら》いも容赦《ようしゃ》もない。ラゲーネン王国軍の中央を護《まも》るベレスフォード軍に対して、一挙に突入を開始する。

突撃をかける敵軍の中に重騎士《じゅうきし》をも一撃で押し潰《つぶ》す小型破城槌《はじょうつい》『蹂躙槌《じゅうりんつい》』がいくつも並ぶ。兵たちに押され、鋼鉄《こうてつ》で補強された巨大な槌が、立ちはだかる者全《すべ》てを文字通り蹂躙すべく、車輪を軋《きし》ませ、突き進む。

獰猛《どうもう》な嘶《いなな》きを上げる騎馬の一群が駆ける。並ぶ二頭の間に吊《つ》るした『大騎槍《だいきそう》』と呼ばれる巨大な杭《くい》が数人の兵士をまとめて貫《つらぬ》き、はね飛ばした。生じた兵たちの隙間《すきま》を『蹂躙槌』の一撃がさらにこじ開けようとする。

「盾《たて》！　構え!!」

握り締めた戦槌を振り下ろし、ベレスフォード公が叫んだ。それに応《こた》え、ベレスフォード公爵家の重騎士たちが吼《ほ》える。

ベレスフォード家の兵は他の軍と違い、対重騎士兵器をほとんど持たない。彼らが携行《けいこう》するのは、自《みずか》らの身長ほどもある巨大な鉄の盾だ。重騎士でなければまともに扱えないようなものを背負い、戦場へ赴《おもむ》き、そして、敵の攻勢の前に打ち立てる。

突入してくる『蹂躙槌』に対して、兵たちが盾を並べていく。下部を尖《とが》らせた盾はその重さとも相まって易々《やすやす》と地面に突き立つ。それらを幾枚も重ね、鱗《うろこ》のような形で強固な護りの陣を作り上げる。

兵士十人がかりで押し進める『蹂躙槌』が盾に激突した。大甲冑《だいかっちゅう》を軽々と突き破ることができる強烈な衝撃が盾を突き破り、支える兵の腹までも貫通する。だが、二枚目三枚目の盾は貫くことができず、その勢いが鈍《にぶ》り、止まる。続けて叩きつけられた『蹂躙槌』も『大騎槍』も、壁を削ることはできても突破することはできない。

ぶつかった馬が転び、兵が地面へ投げ出される。慌《あわ》てて後退しようとしても、『蹂躙槌』を引くことは押し進める以上の労力を要する。

敵の突撃が止まった。

「迎撃!!　行け!　ベレスフォードの重騎士よ!!」

ベレスフォード公の号令に応え、十を超える重騎士が飛び出した。盾の壁を越え、握り締めた武器を振るう。そのたびに、動きの止まった敵兵や、続いて前に出てきた敵重騎士が吹き飛び、打ち倒される。

ベレスフォードの軍に突破力はない。ただし、それに勝る防衛力を誇る。『盾』のマティアスから受け継いだ戦法は、足を止めての正面勝負では、唯一《ゆいいつ》ノーフォーク家の長槍《ちょうそう》部隊を止めることができると言われている。

敵の突撃を食い止め、反撃によって徐々に押し返す。味方の消耗《しょうもう》を最小限にしつつ、敵の隙を狙《ねら》い、粘《ねば》り強く戦えば、自《おの》ずと勝利を手にすることができる。それがベレスフォード家の戦だ。

敵の初撃を止め、ここから、さらに一撃を加える。

その指示を出そうとした時、前線から悲鳴が響いた。

信じがたいことに、敵はまだ止まっていなかった。完全に出鼻《でばな》を挫《くじ》いたはずの敵がさらに押し寄せてくる。正確には動きを止めた敵の後ろから別の敵が次々と押し寄せてくる。

ベレスフォード公の背筋を冷たいものが伝う。

盾を越えて戦う重騎士たちが次々と討ち倒されていく。彼らを倒したのは戦術でも、敵の重騎士でもない。打ち破った敵に倍する密度の敵が、間髪《かんはつ》をいれず、攻めかかってくるのだ。異様な数の『蹂躙槌《じゅうりんつい》』を止めきれず、重騎士が砕ける。群がる兵を薙《な》ぎ倒す重騎士の首が隙をついた敵重騎士にはね飛ばされた。

重ねられた盾が凄《すさ》まじい勢いで削れ、兵たちが物言わぬ死骸《しがい》へと変わっていく。

ベレスフォード公は息を呑《の》み、目を見張る。

視線の先にあるものは、ただただ圧倒的な大軍だ。数字では倍のはずの戦力が、戦場においては、五倍にも十倍にも見える。敵の果てが見えない。

堅牢《けんろう》を誇るベレスフォード軍の前衛があっさりと崩れようとしている。

「後続の重騎士と、兵たちを掩護《えんご》に！　御願いします！」

「グランウッド男爵《だんしゃく》戦死！」

「セントフォート軍壊滅！」

ベレスフォード公が指示を出す前に次々と凶報《きょうほう》が飛び込んでくる。まだ戦端が開かれてから十数分が過ぎただけだ。

「さ、左翼に敵が集中！　持ち堪《こた》えられません！　支援を……！」

くなる。

伝令として走ってきた兵が血反吐《ちへど》を吐いて倒れた。腹に斧《おの》を咥《くわ》え込んだ彼はそのまま動かなくなる。

中央だけではなく、軍の両翼が早くも崩れようとしていた。右翼、左翼には、ジェファーソン伯を含め、熟練《じゅくれん》の将をあてているはずだ。数に任せた敵の猛攻と共に、側面へ回り込まれているのだろう。一気に壊滅することなく持ち堪えているのは、彼らの熟達《じゅくたつ》した指揮があるからに違いない。

だが、このままでは長くもたない。最も軍を密集させた中央のありさまを見て決断する。

「後衛《こうえい》を両翼に差し向けろ!!　両翼を護りきれ！」

「し、しかし……！　兵を割《さ》けば、我が軍が……！」

盾が崩され、重騎士が次々と討ち死にしていく。

「だが、両翼が崩れても終わりだ！　この戦は持ち堪えられなければ負ける！」

「抜かれた！」

ベレスフォード公の声を掻《か》き消し、歓声と怒号《どごう》が上がる。

防備の一角が崩れ、雪崩《なだ》れ込んだ敵が迫る。

敵重騎士が眼前に来た。

ベレスフォード公と敵重騎士が戦槌《せんつい》を振り上げたのはほぼ同時だ。

振り下ろされた一撃が、ベレスフォード公の兜《かぶと》をかすめ、火花が散る。同時に繰り出したベレスフォード公の一撃は敵重騎士の肩を砕き、落馬させた。兵たちがそれにトドメを刺すのを見下ろしながら、奥歯を嚙《か》み締める。

ラゲーネン軍はよく戦っている。被害だけ見れば、間違いなく敵の方が多いはずだ。

だが、敵軍の数は尋常《じんじょう》ではない。一人の敵を倒せば二人の増援が来る。二人を倒せば、さらに倍する敵に襲われる。

ドロリとした液体が首筋へと流れるのを今更感じた。絶叫と断末魔《だんまつま》が耳を突く。

ラゲーネン王国軍は賭《か》けに出ている。エミリーが提示したあの策を、諸侯は知恵を振り絞り、ギリギリ現実味のあるものに仕立て上げた。それでもなお、無謀《むぼう》を承知の大きな賭けであることは変わらない。

……万が一、エミリー様が……。

ちぎれた腕が目の前を横切る。顔に飛び散った血が、側頭部からの流血に混じる。

ベレスフォード公は不安を押し殺し、振り払う。

軍を率いる自分が恐れを抱けば、それは兵たちに伝播《でんぱ》する。エミリーを信じることができなければ、この戦にはそもそも勝機などない。

「怯《ひる》むな！　数だけ揃《そろ》えたたかだか四万だ!!」

檄《げき》を飛ばす。自分の言葉を自分で信じようとする。

「我らは精強無比《せいきょうむひ》のラゲーネン王国軍！　ヴェルンストなどに敗《やぶ》れるものか!!」

中央に位置するベレスフォード軍は、『盾《たて》』のマティアスが鍛《きた》え上げた精鋭たちだ。そして、両翼には歴戦の重騎士たちと、老練《ろうれん》な指揮官がいる。自分自身が若輩者《じゃくはいもの》としても、彼らはそう簡単に打ち倒されたりしないだろう。

「持ち堪えろ!!　何としても、持ち堪えろっ!!　そうすれば、勝利は自《おの》ずと訪れる！」

自《みずか》らも敵を打ち払い、声の限り、叫び続ける。

だが、その時、ラゲーネン軍後方で角笛《つのぶえ》の音がいくつも鳴り響き、大きく悲鳴が上がった。

「南東より奇襲！　ぼ、暴竜鉄騎兵《ぼうりゅうてっきへい》ですっ!!」

兵の声が震えている。

「増援を！　あの方向を突かれれば我が軍は……！」

「ダメだ!!」

一蹴《いっしゅう》し、ベレスフォード公は後ろを振り向きもしない。

暴竜鉄騎兵の姿が戦場になかった時点で、奇襲は予測していた。

そして、それこそがラゲーネン軍を勝利へ導《みちび》く唯一《ゆいいつ》の道だ。この奇襲を皮切りに、ラゲーネンは反撃に転じる。

無謀な策だ。失敗すれば背後から暴竜鉄騎兵に貫かれ、ラゲーネン王国軍は壊滅《かいめつ》する。

エミリーの覚悟を信じる。不安も焦《あせ》りも恐怖もあるが、自分たちを束ねる王を信じることで、振り払わねばならない。

「信じろ！　我らの王を！　ラゲーネン王国軍を率いる『鉄球姫《てっきゅうき》』を!!　『鉄球王』を、信じて戦えっ!!」

重騎士たちが咆哮《ほうこう》で応じる。彼らの意思が兵たちに伝播《でんぱ》していく。崩れかけていた中央がわずかに息を吹き返す。

戦いながら、この軍を率いていた父のことを思う。ベレスフォード公は本心では父を敬愛していた。エミリーに積極的に関《かか》わることを避けたのは、父が自分といることよりも、彼女を助けることを選んだ意味を理解したくなかったからかもしれない。

エミリーは一度、徹底的に挫《くじ》けながらも戻ってきた。親しい者たちをことごとく失った絶望から蘇《よみがえ》った。

どうして、彼女のもとに父がいたのか。父が何故《なぜ》、エミリーを愛していたのか。彼女と出会い、ぶつかり、それを理解してしまった。まだ言葉ではうまく表すことができないが、父の想いを一部だけでも知ったのだと、ベレスフォード公は考えている。

この戦いはベレスフォード公爵《こうしゃく》である自分自身の戦いであると同時に、エミリーを護り抜こうとした父の遺志《いし》を継《つ》ぐ戦いでもある。

「御武運《ごぶうん》を！　エミリー様!!」

突出してきた敵兵を自ら叩き、打ち砕きながら叫んだ。

◆　◆　◆

グレンは馬を全力で走らせていた。

戦場に響く騒音の中、疾駆《しっく》する馬の上で、迫る敵意へ細心の注意を払い、視線は油断なく四方へ向ける。

　グレンはラゲーネン軍の後方にいた。前衛が敵と当たり、凄《すさ》まじい激戦が繰り広げられていることは、音だけでもわかる。だが、彼らはその戦いには参加しない。

　グレンの前方、金色の髪を風で乱し、重々しい風切り音と共に鉄球を振り回しながらエミリーが馬を走らせていた。

　戦場に角笛《つのぶえ》が鳴り響く。ラゲーネン軍の後方、南東から聞こえる音を目指して、エミリーは駆けていた。グレンの周りに騎馬が並ぶ。その全ての背に重騎士が跨《また》がっている。

「いいな！　貴様ら!!　あれが妾《わらわ》たちの攻める敵だっ!!」

　エミリーが振り向き、叫んだ。

　鉄球を回すのと逆の手に握り締めた戦槌《せんつい》で彼方《かなた》を指す。もうもうと立ち昇る砂塵《さじん》が見えた。強化されたグレンの感覚は、そこから聞こえる馬蹄《ばてい》の音と、同時に響く重々しい鉄の擦過音《さっかおん》を先程から捉《とら》えている。聞き逃すはずもない異質で重い音がする。

　砂塵が晴れ、そこから鋼《はがね》の塊《かたまり》が次々と飛び出してくる。

　全身を、馬までをも分厚い鉄の甲冑《かっちゅう》で覆《おお》い尽くした鋼鉄の騎兵。ただ二十騎でジェファーソン軍を打ち破り、ノーフォーク軍を壊滅させた暴竜鉄騎兵だ。

　騎馬の身体《からだ》を覆《おお》うものは、厚い鎖帷子《くさりかたびら》と、輝鉄《きてつ》を張り巡らせた戦馬用の大甲冑《だいかっちゅう》だ。輝鉄によりその身体能力を強化され、石と土を砕き蹴《け》立《た》てて、走る速度は尋常の騎馬と一線を画《かく》する。

　騎馬の両肩から突き出した鉄の角が、巻き上がる土煙《つちけむり》を貫き破る。

彼らは一直線にラゲーネン軍の後方へと向かっていた。機動力のある騎兵や脚力強化型の重騎士を回り込ませ、側面を突くことは戦の常套手段《じょうとうしゅだん》だ。主力を前面に集中したラゲーネン軍は奇襲に抗《こう》することができない。そうでなくとも、ぶつけられたものが暴竜鉄騎兵では、止める術《すべ》もない。

「ここにいる二十五騎の使命は奴らの壊滅!!」

だからこそ、エミリーは暴竜鉄騎兵との対決を望んだ。

グレンは後ろを振り向く。エミリーに続く騎兵は全て重騎士だが、その数は彼女を含めてわずか二十五騎。

大甲冑を纏《まと》ったリカードがいた。鎧《よろい》の上から巻きつけた白い外套《がいとう》は全速力の疾走《しっそう》にも拘《かかわ》らずほとんどはためきもしない。面頬《めんぽお》の下にはいつもどおり余裕を保った瞳が見えた。その手はまだ武器を握ってもいない。

エミリーのすぐ後ろ、グレンの横には、修道院にいた時とも、王宮にいた時とも同じように、セリーナが続いていた。手綱《たづな》も握らず、彼女は巨大な盾を手に走る。一本に編まれた髪が尾のようになびいていた。

さらにその後方に控えた男を見る、グレンの目は少しだけ複雑な感情を宿した。

鎧《よろい》に巻きつけた獣《けもの》の毛皮がバサバサと派手に音を立てていた。野獣を象《かたど》った兜《かぶと》の下で、彼は牙《きば》を剝《む》いて笑う。その両手には大型の斧槍《おのやり》が一本ずつ握られている。レイクサイド侯エルネストだ。

さらにグレンが知る限り、剛勇《ごうゆう》で名を馳《は》せる重騎士たちが二十騎、エミリーに続いて走る。

「一撃をもって、奴らを殲滅《せんめつ》する！　貴様らはそのために選ばれた!!」

ここに集《つど》う二十五騎の重騎士たちは暴竜鉄騎兵と相対し、討ち倒すことができる可能性を持つ柔軟性と技量を併《あわ》せ持つ者たちばかりだ。

重騎士一人は百の兵を率いる。二十五騎の重騎士をここに集結させたことで、二千五百の兵を率いる部隊が本隊から削られている。その代わりとして、精鋭の重騎士二十五人で編制されたこの部隊は間違いなくラゲーネン最強の破壊力を持つ。

逆に言えば、常軌《じょうき》を逸《いっ》した破壊力と突破力を持つ暴竜鉄騎兵とはそういう部隊なのだ。彼らを討《う》つには、エミリーたちもまた同じ手を使うしかない。

エミリーの策の一つは、そういうことだ。

グレンの両腕で鎧通《よろいどお》しが閃《ひらめ》く。その手が掴《つか》むものは、新たに用意した鋼《はがね》の短槍《たんそう》だ。半島軍との戦で使用した斧槍とは違い、間合いは狭く、細い穂先には鎧を突き通す破壊力もない。だが、常に敵の隙をかい潜《くぐ》り、急所を狙い撃つグレンにとって、取り回しが利き、鎧通し以上の攻撃半径を持つ短槍は戦場で用いるのに適した武器だった。

前回の戦で拾った槍を即席で振るい、それに気づいたグレンは、用意させた数本の短槍を鞍《くら》にくくりつけている。

戦闘態勢を整えるグレンたちへ、エミリーが叫ぶ。

「行くぞ！　貴様ら！」

ラゲーネン軍後方へ迫る暴竜鉄騎兵へと、エミリーはまっすぐに馬を走らせる。

横合いから突っ込んでくるエミリーたちに気づき、暴竜鉄騎兵がすかさず馬首を返した。

鋼鉄の戦馬がエミリーたちを迎え撃つ。先にこちらを潰《つぶ》してからラゲーネン軍への攻撃をかけようということなのだろう。

不意を討つことはできない。真正面から、あの鋼鉄の騎馬と戦わなければならない。

しかし、エミリーは怯《ひる》まず、声を張り上げる。

「我らが叩くはただ一つ!! 暴竜鉄騎兵!!」

エミリーの鉄球が唸《うな》りを上げて回転し、リカードが外套《がいとう》の下に両腕を沈める。セリーナが大盾に身を隠し、エルネストが斧槍を獰猛《どうもう》な猿の長い両腕のように大きく広げた。重騎士たちも各々が愛用する多種多様の得物《えもの》を振り上げる。

「ならば! 奴らを喰《く》らう我々は、荒れ狂う暴竜を叩き伏せ、踏み潰し、辱《はずかし》める……!! 竜躙《りゅうりん》騎兵《きへい》!!」

反転し突撃をかけてくる暴竜鉄騎兵の速度は明らかにこちらを上回っている。逃げることなく襲いかかってくるということは、自らの強さへの自信の表れだ。

暴竜鉄騎兵の先頭にヴィルヘルミーネの姿はない。グレンによって、二人の重騎士を討たれ、十八となった騎兵が獰猛《どうもう》な嘶《いなな》きを上げて迫り来る。

ここで敵将であるヴィルヘルミーネを討つことができるのが、最良の展開だったが、最大の強敵がいないと考えることもできる。無論、この大規模な戦いにおいて、総大将である彼女自身が前線に出てこない可能性は十分に考慮していた。

おそらく、ヴィルヘルミーネが来ないことを前提としていたため、状況は、おおむねエミリーたちの思惑《おもわく》のとおりに動いている。通常の騎馬は大甲冑《だいかっちゅう》を着込んだ装甲馬に速度で敵《かな》わない。だから、エミリーたちは最初から暴竜鉄騎兵を迎撃するためだけに後方へ待機《たいき》し、多くの斥候《せっこう》を放ち、その接近をいちはやく察知した。

あとは奇襲をかけることができればいい。それができずとも、その強さに絶対の自信を持つ暴竜鉄騎兵がただの騎兵を相手に逃げるとは思えない。

そして、暴竜たちはその策に乗った。脇《わき》を突かれ、追撃を受ける面倒を避け、ここでエミリーたちを粉砕《ふんさい》するつもりなのだろう。

上げた面頰《めんぼお》の下で汗を一筋滴《したた》らせながらエミリーが凄絶《せいぜつ》な笑みを浮かべる。

「敵の力は尋常《じんじょう》ではない！　その錬度《れんど》もとてつもない！　絶対に正面から当たるな！　貴様らがどれほど強いと思っていても、死ぬぞ！」

笑いながら断言する。彼女の言うとおり、正面からの衝突には、ライオネルすら耐えることができなかった。

「脇を叩け！　隙を突け！　策で落とせ！　どんな汚い手を使ってでも、とにかく勝て！」

敵との距離が詰まっていく。

「一人一騎を仕留めろ！　そうすれば、敵は勝手に壊滅する！　二合目はないと思え!!」

彼女の言うとおり、半端《はんぱ》な打撃を与えては、その速力をもって離脱される。この戦いに二度目はない。

突き進む鋼の騎馬がすぐ目の前に来る。

「暴竜鉄騎兵！　突撃!!　完膚《かんぷ》なきまでに叩け！」

暴竜鉄騎兵を率いる重騎士が長柄の戦斧《せんぷ》を振り上げて叫んだ。

「行くぞっ!!　竜躙騎兵、突撃!!」

対するエミリーの号令が響く。

二つの騎兵部隊がぶつかり合う直前、戦いの火ぶたを切ったのは後方から響いた弓音だった。

リカードがその両手に一つずつ弩《いしゆみ》を構えている。見覚えのあるそれは、リカードがエミリーを暗殺しようとした時に用いたものと同型だ。既《すで》に弦《つる》を巻き上げて準備し、外套の下に隠していたのだろう。先程まで身体に巻きつけられていた白い外套が、今は大きく翻《ひるがえ》っていた。

放たれた二本の矢は、疾駆《しつく》するグレンたちを追い越し、暴竜鉄騎兵へと向かう。携行型の弩ながらも、機械で巻き上げられた矢は、かつてエミリーの大甲冑を易々《やすやす》と撃ち抜く威力を見せている。

鋼鉄の鏃《やじり》が敵重騎士を貫こうと唸《うな》りを上げて飛翔《ひしよう》する。

それが先頭の重騎士を射抜《いぬ》くかに見えた時、彼が握る長柄の戦斧が横薙《よこな》ぎに振るわれた。火花と共に激突音が上がり、二本の矢が空中で砕かれ、鉄片と共に散る。時間差をもって撃ち込まれたはずの矢を正確に弾《はじ》く技量に驚嘆《きようたん》する。

だが、その時既に、リカードの両手には新たな弩が用意されていた。撃ち終わり、投げ捨て

た弩はまだ地面に落ちてもいない。

もう一度、響く弦音。大気を引き裂き、さらに二本の矢が時間差で、互いに軌道すら変えて同じ重騎士を襲う。

それでも、敵重騎士は動揺することなく斧《おの》を振るった。手首を返し、肉厚の刃が一本目の矢を叩き斬る。斧の軌道は正確に、遅れてくるもう一本の矢を狙っている。

だが、その直前、重騎士の目前で赤い煙が噴き上がった。

グレンにはそれが何か理解できた。半島軍との戦でリカードが用いた目潰《めつぶ》しの粉だ。両断され、いまだ空中にある三本目の矢に取り付けられていたものは、鏃《やじり》ではなく、目潰しを詰めた陶器《とうき》だ。

重騎士の顔を赤煙が包み込む。

「貴様……!?　重騎士がこんな……！」

目を潰された重騎士の動きに乱れが生じた。時間差で到達する矢を切り裂くはずの刃がほんの少し目標を外れる。乾いた音と共に鋼鉄の鏃が重騎士の胸当てを貫き、胸の真ん中に深々と突き立つ。大柄な身体がグラリと揺れた。

「やあ。ゴメンね。最近、重騎士に成り立てで、あまりよくわからないんだ」

悪気なく言いつつ、リカードは両手に一本ずつ戦槌《せんつい》を構える。先端にエミリーの鉄球に似た鉄の塊《かたまり》を取り付けた大型の戦槌だが、両腕の輝鉄を雄々《おお》しく輝かせ、構えた彼はその重さを感じさせない。

リカードに討たれた重騎士が馬上から転げ落ちたが、暴竜鉄騎兵たちは、一切乱れなく、勢いも緩《ゆる》めず、落ちた重騎士の身体を避けて部隊を二つに分けて突進をかける。

「なるほど。たいしたものだが！」

誰かが言った。竜躙騎兵《りゅうりんきへい》たちもまた、号令一つかけることなく、隊を二つに割る。自然と、二つの隊の先頭を駆ける者はエミリーとグレンになった。

「さあ！　始めるぞっ！」

エミリーが叫び、鉄球が放たれる。

「妾《わらわ》は『鉄球姫《てっきゅうき》』!!」

彼女の狙いは馬ではなく、それを駆る重騎士だ。手首を捻《ひね》ることで、空中で軌道を不規則に曲げながら襲いかかる鉄球は受け止めようとした斧槍にその鎖《くさり》を絡《から》みつかせる。

馬の背を蹴って、エミリーがいきなり跳んだ。斧槍に絡まる鎖を解こうとしたことと、エミリーの突然の行動にほんの少し戸惑いを見せたことが、鉄騎兵に致命的《ちめいてき》な隙《すき》を生んだ。

宙を舞う『鉄球姫』の鋼鉄の足が重騎士の胸を蹴り潰す。厚い胸当てがひしゃげ、重騎士の口からゴボリと嫌な音が生じた。

「だが、蹴りも相当得意でな！」

ようやく鎖の解けた斧槍を握ったままで、鉄騎兵が落ちていく。

もう一撃、空中で蹴りを放つ。エミリーが蹴ったものは主を失った装甲馬の頭だ。咆哮《ほうこう》を上げ、よろめき倒れていく馬を後目《しりめ》に、鉄球を引き上げながら自分の馬へと軽やかに降り立つ。

そこへ後続の敵重騎士が斧を振りかざし殺到する。着地したエミリーの姿勢はさすがに崩れている。鉄球もまだ空中にある今、彼女は戦槌一つで攻撃を防ぐほかない。

「護ります。姫様」

「おうさ！　頼む」

エミリーを庇《かば》い、大盾を構えたセリーナが前に出た。

敵重騎士が長柄の戦斧を力任せに振り抜く。セリーナは盾を使わない。腕力強化型の一撃を受けきれないと悟ったのだろう。赤毛がちぎれて宙を舞った。触れるだけで身体を微塵《みじん》に砕くはずの一撃を、紙一重でかわしきる。グレンと同じく大甲冑《だいかっちゅう》によって強化された反射神経を活かし、その軌道を見切ったのだろう。

斧を大きく振り抜いた敵とセリーナの距離が詰まる。セリーナはそこで初めて盾を突き出した。彼女の身長ほどもある巨大な鉄板が重騎士の身体を打《う》ち据《す》える。斧を振るうことで体勢を崩していた身体は呆気《あっけ》なく宙を舞った。繰り出された攻撃の勢い自体を利用することすらも計算に入れていたのだろう。

だが、その直後、セリーナの駆る馬が鮮血を噴き上げた。その腹部を貫き、突き出したものは装甲馬の肩からそびえる巨槍《きょそう》だ。騎手を失いながらも、装甲馬が彼女の騎馬へ体当たりをかけたのだ。

セリーナの身体が空中に投げ出される。

「逃《のが》さん！」

「セリーナっ！」

エミリーが悲鳴を上げた。

そこへ別の重騎士が来る。振りかぶった大斧が彼女を叩いた。

鉄がひしゃげる嫌な音と共に、血飛沫《ちしぶき》が散る。砕けた鉄の破片が陽光の中、煌《きらめ》き舞う。

セリーナの身体が地面に叩きつけられ、跳ねた。

大盾で斧の一撃を食い止めたのだろう。致命傷《ちめいしょう》を受けているようには見えない。だが、刃は盾を易々と貫通し、それに護られた右腕の装甲まで達していた。赤黒い血で右腕を染めながら、赤毛の装甲侍女が地面を転げていく。

セリーナを落とした重騎士は竜躙騎兵《りゅうりんきへい》の重騎士が両断した。だが、別の敵重騎士が鉄の蹄《ひづめ》を打ち鳴らしてセリーナに迫る。踏み潰すつもりだ。

鉄球を引き摺《ず》りながら、白銀の大甲冑が宙を走る。

潰されようとするセリーナ目掛け、エミリーが跳び込んだ。馬から飛び降りた彼女はセリーナの身を抱えて転がる。一瞬前まで彼女がいた場所を、大甲冑を軽々と踏み砕く鋼鉄の蹄が叩き割る。

ただし、その脚にはエミリーが放った鉄球の鎖《くさり》が絡《から》みついていた。鎖と、それに繋《つな》がる戦槌からエミリーは手を離している。高速で駆ける装甲馬が転げ、頭から地面に叩きつけられた。

重騎士がしがみついていられるわけもなく、吹き飛び、竜躙騎兵の餌食《えじき》となる。

脚を折り、派手に横転する装甲馬を背に、エミリーはセリーナを護りながら立ち上がり、予備の戦槌を引き抜いた。

しかし、二人の無事に胸を撫《な》で下ろす時間はグレンにはなかった。

眼前で敵重騎士が武器を振り上げている。それを最小限の動きだけでかわしながら、短槍《たんそう》を突き込む。穂先は狙い過《あやま》たず、重騎士の喉《のど》を貫いていた。致命傷に違いない。

槍を抜き放ち、噴き上がる鮮血と、続く戦馬の突撃をもかわしながら、打ちつけてきた別の重騎士の攻撃を掻い潜る。

反撃の一撃が二人目の重騎士の喉を抉《えぐ》った。

二人の重騎士がほぼ同時に落ちる。グレンは彼らを一瞥《いちべつ》もしない。

残りは十三騎だ。あの時、グレンがたった二騎しか討《う》つことができなかった暴竜鉄騎兵を一瞬で、五騎討ち果たしている。

だが、損害が出ているのは暴竜鉄騎兵だけではない。グレンに続いていた重騎士が敵の攻撃をかわせず、馬ごと貫かれた。別の場所でも二騎が返り討ちにあうのを、目の端で捉《とら》えている。

二本の戦槌を振るうリカードがさらに一騎を討ち倒したが、味方の損害は止まらない。グレンもリカードも眼前の重騎士を倒すことがやっとで、離れた味方を掩護《えんご》することはできない。

鋼《はがね》の蹄が落馬した重騎士を容赦《ようしゃ》なく押し潰し、巨槍をかわした者を大斧が切断した。真正面からの戦いを避けても、暴竜鉄騎兵は強い。数で勝り、精鋭《せいえい》を揃《そろ》え、対策すら講じたはずの竜躙騎兵が、次々に打ち倒されていく。

無論、暴竜鉄騎兵の損害が少ないわけではない。

エルネストが交差した敵に斧槍を叩きつけた。受け止められたそれを支点として、『猿騎士《さるきし》』の身体が宙を舞う。突如《とつじょ》、空中から突き込まれた斧槍を止めることができず、敵重騎士は頭を串刺《くしざ》しにされる。エルネストはさらに飛翔《ひしょう》し、別の重騎士を叩き落とす。

竜躍騎兵たちの奮闘に暴竜鉄騎兵もまた次々と討たれていった。

竜躍騎兵と暴竜鉄騎兵が交差し、突き抜ける。

わずか十秒ほどの攻防で、暴竜鉄騎兵はその数を半減させていた。残りは八騎だ。

だが、竜躍騎兵も七騎を失っている。

負傷したセリーナを護り、抱えたままエミリーが叫んだ。

「逃がすなっ！」

竜躍騎兵の目的は暴竜鉄騎兵の殲滅《せんめつ》だ。しかし、敵はまだ半数近くが残っている。

グレンたちは馬首を返し、追撃をかけようとする。敵が反転して戻ってくれば、機会はある。もう一撃できれば、暴竜鉄騎兵を壊滅させることはできる。

だが、敵の判断は的確だった。

彼らは振り向きもしない。装甲馬の速度を活《い》かし、まっすぐに戦場を離脱していく。追おうにも、通常の騎馬では追いつくことはできない。

グレンたちはみるみるうちに遠ざかる敵を見送ることしかできない。

残されたものは敵重騎士と馬の屍《しかばね》だけだ。生き残った装甲馬すら、逃げ去っていく。

それでもなお、追いすがろうとする重騎士たちに、エミリーの制止する声が飛んだ。

「ムキになってはくれんか」

制止しながらも、苦々しく毒づき、舌打ちする。

「生きている者を収容しろ。まだ戦える者は次の作戦への準備を！」

暴竜鉄騎兵が消えゆく地平の果てを睨《にら》みながらも指示を出し、重騎士たちはそれに従う。

「セリーナ。無事か？」

傍《かたわ》らにうずくまるセリーナに尋ねた。グレンもエミリーの馬を引き、彼女の下へ駆け寄る。

「……大丈夫です。エミリー様」

痛みを堪《こら》え、蒼白《そうはく》な顔でセリーナが言う。切り裂かれ、血にまみれた右腕の装甲を落とす。胴着ごと白い肌が裂かれ、無惨な傷口が姿を覗《のぞ》かせていた。厚い布地は彼女の血でぐっしょりと濡れている。

「セリーナ。この傷では……」

「支障《ししょう》はありません」

そう言った彼女の右腕は一切動かない。今受けた傷とは別に、何かで抉《えぐ》られたような大きな傷跡が見えた。初めて目の当たりにしたが、それが、エミリーを庇《かば》って受け、腕の自由を失う原因となった傷なのだろう。

「右腕に当てさせました。私の戦闘力はほとんど変わりません」

傷口に手早く、きつく包帯を巻き、止血しながら言う。セリーナの右腕は動かない代わりに、分厚い装甲が取り付けてあった。だからこそ、この程度の傷で済んだのだろう。それでも、軽い傷でないことは確かだ。

「阿呆《あほう》！　貴様は後方に下がれ。これ以上の戦闘は……」

セリーナが首を横に振る。

「退《しりぞ》くことが許されない戦いです。負傷したのは幸い、もとより使えない右腕のみです」

包帯を巻き終えた腕に、壊れた装甲を着け直すと、変わらぬ表情で立ち上がり、斬撃《ざんげき》を受け止めきれず半壊した盾を背負う。

「しかし、セリーナ……」

「勝利のみを考えてください。この戦、出し惜しみできる戦力はありません」

有無《うむ》を言わせぬセリーナの拒絶に、エミリーが苦渋の表情を浮かべる。

「わかった」

何も言えず、エミリーは彼女に背を向け、愛馬に跨《また》がった。

「よし！　行くぞ、竜躙騎兵《りゅうりんきへい》！　次の作戦に移る！」

面頬《めんぽお》を下ろし、号令をかける。

馬を失った重騎士たちは主を失った馬に乗る。

エミリーが走りだし、グレンたちはそれに続く。

負傷したというのに、変わらず盾を握るセリーナを従え、先頭を走るエミリーに、グレンは馬を並べた。面頬を下げた彼女の表情は窺《うかが》うことができない。

「暴竜鉄騎兵は半減した。次の衝突があれば、仕留めるが、この状態でもなお、ヴェルンストの優勢は動かん」

エミリーが言った。前を見たままの彼女の声はいつになく固い。

前線を離れ、後方を走るグレンたちにもラゲーネンの劣勢は見てわかる。戦列が崩れ、悲鳴と絶叫が響いてくる。本当ならば、今すぐあの中央に突撃し、共に戦いたい。

「暴竜鉄騎兵《ぼうりゅうてっきへい》は生き延びたが、ヴェルンストが優位に立つ以上、あれだけの損害を受けた奴らに無理はさせないはずだ」

全てが重騎士で構成された暴竜鉄騎兵は強い。だが、それゆえに一騎が失われるだけで戦闘力は格段に低下する。取り逃がし、竜躙騎兵も大きな被害を受けたとはいえ、交戦した価値は十分にあった。

「今度はこちらの番だ。強引に行く。やられたことをやり返してやる」

エミリーの声に怒気がこもっている。セリーナを傷つけられたことの怒りなのか、それ以外のものが込められているのかはわからない。

ただ、確実なのは、グレンたち竜躙騎兵の本当の戦いがこれからだということだ。

エミリーが戦槌《せんつい》を高々と振り上げる。

「行くぞ！　竜躙騎兵!!　これより我々は敵後方へ回り込み、河岸要塞《かがんようさい》へ向かう!!」

それが竜躙騎兵の二つ目の目的だ。

「なら、俺はここでお別れってわけだな」

エルネストが一団から馬を離す。返り血で染まった毛皮が大きくはためき、血の匂《にお》いが漂う。

エミリーが彼を竜躝騎兵に加えたのは、その特殊な戦い方を対暴竜鉄騎兵に活かせると考えてのことだ。

「まあ、せいぜい攪乱《かくらん》してやるよ。ブッフバルトの小娘をな。ここからが本当の俺の戦いだ」

エルネストが獰猛《どうもう》な笑みを浮かべた。

彼の言うとおり、エルネスト本来の役割は敵の攪乱にある。ノーフォーク軍との戦いで、彼は敵兵、味方の兵すらも足場として、敵軍の頭上を駆け回り、部隊指揮官である重騎士のみを奇襲し、次々と討ち倒していった。その攻撃の有効性はグレンが身をもって知っている。

しかし、ヴェルンスト王国軍は、あの時のノーフォーク軍の十倍近い兵力を誇る。そして、その中にはグレンを軽くあしらい、『鉄蛇《てつじゃ》』アーチボルドを討ち取ったヴィルヘルミーネがいる。あまりに危険な戦いだ。

「エルネスト……。くれぐれも無理はするなよ」

グレンの言葉にエルネストが目を丸くした。その表情が崩れ、突然、噴き出す。

「て、てめえは……。なんで、俺の心配してやがるんだ」

ゲラゲラと笑う。

「ど、どうして笑うんだ」

そう言ったグレンの後ろでリカードすらも噴き出す。

「リカード！　どうして、お前も笑う」

「てめえがおもしろ過ぎるからだろうが！　俺は敵だった男だぜ！」

愉快《ゆかい》そうに言うと、二本の斧槍《おのやり》を肩に担ぎ、竜躙騎兵から離れていく。

「勘違《かんちが》いするんじゃねえぜ。ノーフォークの小僧！　俺はてめえやエミリー陛下《へいか》ってのに、恩義を感じてるわけじゃねえ」

エルネストの瞳《ひとみ》に再び肉食獣じみた獰猛な輝きが戻る。

「俺らを利用した、てめえの兄貴と、あの小娘を叩きのめしに来ただけだ！　あとはまあ……俺は戦うのが大好きでな！」

下品に笑い大きく斧槍を振る。

彼が老いた父、レイクサイド侯のことを老いぼれと呼びながらも、その死を知った時に浮かべた、寂しげな表情を思い出す。

「じゃあな！　ノーフォークの小僧。グレン・ジョゼフ・ノーフォーク。御武運を！　と祈ってやったから、感謝しやがれ！」

そして、エルネストは激戦が繰り広げられる戦場へと走り去っていく。

「お前もだ！　エルネスト！」

去りゆく背に叫ぶが、彼は振り向かない。

色々なことがあった相手だ。そもそも、あんな粗野《そや》な性格で、礼儀の一つも知らない男が爵《しゃく》位《い》を持つことに釈然《しゃくぜん》としないものを感じる。ノーフォーク家の重騎士たちの多くも、彼に討たれている。恨《うら》みも、怒りもした相手だ。

それでも、今、無事でいてほしいと思った心に嘘《うそ》はない。

「グレン。人の心配をしている暇《ひま》なんてないんだよ」

馬を寄せてきたリカードが言った。

頷《うなず》き、グレンもまた決意を新たにする。ここからの戦いはこれまでになく厳しくなる。そして、竜躙騎兵《りゅうりんきへい》の失敗はラゲーネン王国の敗北に直結する。

後方から車輪の音が近づいてくる。走る竜躙騎兵の後方に四頭立ての馬車が続いていた。あらかじめ、替えのために用意された馬を並走《へいそう》させ、複数の重騎士に護衛された馬車の荷台には、布をかけられた巨大な何かが見える。隙間《すきま》から覗《のぞ》く鈍《にぶ》い輝きは金属光沢《こうたく》に違いない。

「あれか……。エミリー様が言っていたものは」

頷いたリカードが視線を前方へ送る。

グレンたちだけではなく、竜躙騎兵の誰もが、そちらを睨んでいる。にわかに上がった馬蹄《ばてい》の響きは、味方のものではない。

「来たぞ！　突破する!!」

鉄球を振り回す音と共にエミリーが叫んだ。

自軍右翼を迂回《うかい》し、敵後方へ向かおうとするグレンたちの前に、敵部隊が姿を見せる。騎馬と『大騎槍《だいきそう》』を中心に、機動力を重視した一団だ。

暴竜鉄騎兵ではないが、その数は少なくない。重騎士の数だけなら、数が減った竜躙騎兵よりも多い。

暴竜鉄騎兵なみの機動力を持たない以上、槌《つち》を交えずに通り抜けることなどできない。

グレンは血を拭《ぬぐ》った短槍を握り締めた。

「竜躅騎兵!! 突撃!!」

◆ ◆ ◆

敵味方入り乱れ、泥沼《どろぬま》の戦いを繰り広げる戦場を、エルネストは文字通り跳び進む。味方兵の肩を踏み潰《つぶ》し、敵兵の頭を蹴《け》り砕きながら、『猿騎士《さるきし》』は空を駆けた。

血脂《ちあぶら》にまみれた斧槍《おのやり》が、死角からの急襲で重騎士を叩き割り、兵をまとめて薙《な》ぎ払う。既《すで》に十人近い重騎士と百を超える兵を討《う》ち取っていた。ノーフォーク軍と戦った時以上に、エルネストは奮戦している。

重騎士ただ一人で討つには十分過ぎるほどの敵を叩き殺しているにも拘《かかわ》らず、戦いの終わりが見えない。戦場の上を走るエルネストが見下ろすサウスエンドの平原は、見渡す限りヴェルンスト軍に埋め尽くされていた。

半島軍を率《ひき》いて、ノーフォーク軍と戦った時も、大軍に驚いたが、それすらも比較にならない。エルネストが暴れることで、敵を攪乱《かくらん》することはできているが、ラゲーネン軍の劣勢は変わらない。両翼は徐々に包囲されつつある。中央などは守りを破られ、もはや完全に乱戦状態にあった。エルネストの奇襲と各将の決死の奮戦で、どうにか持ち堪《こた》えているに過ぎない。

突き上げられた槍の一撃を辛《かろ》うじて回避し、反撃の斧槍で兵の頭を叩き割る。飛んできた斧がその頬《ほお》をかすめ、獣《けもの》を象《かたど》る兜《かぶと》が嫌な音を立てた。

返り血を浴びながら、苦しい息を吐く。

敵の密度もまたノーフォーク軍との戦とは段違いだ。かわしきれぬほどの反撃を浴び、エルネストの大甲冑《だいかっちゅう》には無数の傷が刻まれている。鎖帷子《くさりかたびら》を抜けた攻撃もある。胴着の下を流れる生ぬるい液体の感触が汗なのか、血なのかわからない。

全身に鈍痛《どんつう》が走り、骨が軋《きし》む。ノーフォーク軍に敗北した時に受けたエルネストの傷は完治していない。動けぬようにと、全身を戦槌《せんつい》で打ち据《す》えられたのだ。骨も筋肉も痛めたままだ。肋骨《ろっこつ》以外に骨折がなかったことが救いなのか、不運なのか、この戦場にいる限りわからない。

痛みに耐えてひたすら笑い続け、咆哮《ほうこう》を上げて、斧槍を振る。

こんな際《きわ》どい戦《いくさ》に、むしろ、負《ま》け戦に等しい戦いに参加する必要はなかったかもしれない。機会を待ち、ヴェルンストに寝返るのが正しい選択だった気もする。無論、半島派内にそういう意見は多く、戦場に出ていない諸侯《しょこう》は、この戦の敗北が決まった時点で、ヴェルンスト側につくはずだ。

それを理解しつつも、エルネストは率《ひき》いることができるだけの軍勢を率い、ラゲーネン王国側に与《くみ》した。父を殺されたことへの憤《いきどお》りはある。口うるさくムダに慎重《しんちょう》で、邪魔《じゃま》な父だったが、あんな形で利用され、意味もなく死んだことが単純に腹立たしい。あの老人を利用し、殺したパーシーと、ヴィルヘルミーネが憎い。自分もまた父と共にいいように使われていたことが、憤りを増す。

怒りに燃える脳裏《のうり》を、同じように利用された男の顔がよぎる。

実の兄という最も親しい者に弄《もてあそ》ばれ、絶望的な状況に放り出されながらも、屈することなく強大な敵へ向かっていったノーフォーク公爵家《こうしゃくけ》の若い重騎士を思う。

暴竜鉄騎兵《ぼうりゅうてっきへい》により殲滅《せんめつ》されていくノーフォーク軍の中で、その男は、さっきまで敵だった自分の命を助けた。普通、できることではない。

その重騎士、グレンに怒りとも憤りとも後ろめたさとも違う、複雑な感情を覚える。

彼が勝手にやったことに借りなど感じる気はない。むしろ、対抗意識のようなものが湧《わ》き上がってくる。

おそらく、エルネストが同じ立場にあっても、何もできなかった。事実、縛《しば》られたまま、暴竜鉄騎兵を目《ま》の当《あ》たりにしたエルネストは、ただただ驚き、慄《おのの》くことしかできなかった。

「はん！　俺が……負けられるかよっ！　あんな餓鬼《がき》に！」

抑《おさ》えきれない感情の動きに毒づきながら、エルネストは戦場を見渡す。

押し寄せる敵軍の遥《はる》か後方に、竜躙騎兵《りゅうりんきへい》が目指すサウスエンドの河岸要塞《かがんようさい》がある。川に面する人工の丘なのか、崖《がけ》なのかわからない高台に建造された城砦《じょうさい》はいまなお敵に包囲され攻撃を受けていた。

後方の川には攻城兵器を積み込んだ船が浮かび、陸では、ヴェルンストの別軍が土塁《どるい》と柵《さく》をもってその動きを封じている。遠目に見ても、砦《とりで》を包囲する軍はそれだけで、先日のノーフォーク軍に匹敵《ひってき》する。

エミリーたちはもはや二十騎に満たない部隊でそこへ突っ込む気でいる。普通に考えれば自殺行為以外のなにものでもない。それでも、グレンは迷いなく挑《いど》もうとするのだろう。

「むしろ、俺がでかい貸しを作ってやらあっ!!」

叩《たた》きつけた二本の斧槍が兵を断ち切り、血をしぶかせる。それを支点として、エルネストの身体《からだ》が大きく跳ね上がった。

敵軍の中央を縦断《じゅうだん》し、エルネストは走る。重騎士に奇襲を見舞い、討ち果たせなければすかさず離脱する。敵兵を踏み砕く時はできる限り、頭か肩を狙い、その戦闘力を奪う。

エルネストの奇襲は敵陣を乱し、多少ではあるが、ラゲーネン軍の息を吹き返させた。反撃に転じることはないだろうが、延命措置《えんめいそち》程度にはなっているだろう。

このまま敵陣を駆け抜け、砦の攻囲軍を奇襲する。

そう考えた時、エルネストは全身が引きつり、背筋《はいきん》が凍りつくような異様な感覚に襲われた。

戦場の空を駆ける、通常ではありえない戦い方をする彼を、じっと見ている者がいた。

ヴェルンスト軍の後方、兵と重騎士たちに護られながら、一人の女騎士が微笑《ほほえ》んでいる。

戦場にあってなお、傷一つなく煌《きらめ》く白銀の大甲冑《だいかっちゅう》と、兜《かぶと》の上で揺れる大きな鳥の羽根。大きく広がった両肩の鎧には宝石で彩られた斧の紋章と、暴風神の紋章が見える。華奢《きゃしゃ》に見える彼女の手には、不釣《ふつ》り合《あ》いな長柄《ながえ》の戦斧《せんぷ》、それも先端と共に本来石突《いしづき》がある場所にも、肉厚の双刃を備えた双戦斧《そうせんぷ》が握られていた。

ヴェルンスト軍を率いる女、ブッフバルト公爵ヴィルヘルミーネ・ブッフバルトに間違いない。彼女はこの混戦の中で、エルネストの存在に気づいている。

……一撃……してやらあっ！

自分の中に生じた一瞬の躊躇《ちゅうちょ》に驚く。

考えるまでもないはずだった。本来、躊躇するべきではないはずが、惑《まど》いを覚えたことに驚く。自分を倒したグレンすらも一蹴《いっしゅう》してのけたヴィルヘルミーネの実力を、エルネストは遠目に見ていた。奇襲が効かない今、彼女を迂回《うかい》する手もある。だが、それでは後方へ回り込もうとする竜躙騎兵の進軍を掩護《えんご》できない可能性がある。

このまま直進し、突破するべきだ。自分にそう言い聞かせ、硬直しそうになった身体を奮《ふる》い立たせる。

エルネストの足が踏みつけていた兵の肩を蹴り砕き、その身を前へ走らせる。

「死ねぇぇぇっ!!　ヴィルヘルミーネ!!」

一気に加速し、白銀の『血風姫《けっぷうき》』へと迫る。

エルネストの顔からはいつもの笑いが剝《は》がれ落ちていた。籠手《こて》の中で、汗が滲《にじ》む。纏《まと》わりついてくる緊張と、どこからか湧《わ》き出してくる恐れを雄叫《おたけ》びをもって追い散らし、ひた走る。ヴィルヘルミーネ以外の敵は、相手すらしない。

対するヴィルヘルミーネは優しく柔らかな微笑を消さない。

エルネストが両の斧槍を振りかぶる。

次の瞬間、ヴィルヘルミーネが自分と同じ高さに跳び上がるのを、エルネストは驚きと共に見た。エルネストやグレンと同じように兵を足場に立ち上がったわけではない。

彼女は自ら地面に突き立てた双戦斧の上に立っていた。両手には予備のものらしい戦斧を一丁ずつ腰から引き抜いて握る。重騎士が片手で振るうにはやや大振りの得物だが、エルネストの長大な戦斧とは、その大きさも、そこから生み出される破壊力も、比べるまでもなく小さい。

「んなもんで止められるかよおっ!!」

構わず、全力をもって両の斧槍を叩き込んだ。対してヴィルヘルミーネの戦斧が真正面から斧槍に叩き込まれる。

長大な斧槍と、ヴィルヘルミーネの手斧が刃を噛み合わせ、鉄片と火花を散らした。

不安定な立ち方をしていたヴィルヘルミーネの身体が後方に倒れていく。

武器の重量も長さも、膂力《りょりょく》に勝る男性であることすらも、全てがエルネストの有利に働いていた。負ける要因など一つもない。

だが、押し負け、弾かれたのはエルネストの方だった。

完全に力で打ち負けたことを悟る。

「化け物め……！」

食い縛った歯の間からうめきが漏れた。

落ちながらも、ヴィルヘルミーネは両手の斧を投擲《とうてき》していた。無造作に投じられたそれがエルネストの身体に食い込む。

肩口に熱い痛みが走り、右手から力が抜ける。斧槍が彼の手から兵たちの中へこぼれた。

鋼《はがね》の刃《やいば》は大甲冑の肩装甲を軽々と貫通して突き立っている。肉を裂いた刃が肩の骨を砕く音を、エルネストは確かに聞いた。さらに腹が鋭く痛む。そこにも斧が突き刺さっていた。やはり鎧《よろい》を断ち割ったそれは刀身を脇腹へ食い込ませている。

斧は正確に首と腹を狙ってきていた。その狙いが逸《そ》れたのは、本能的に危険を察したエルネストが斧槍を無理に振るい、身体を反《そ》らせたからだ。数瞬、遅れれば首が飛び、はらわたをバラ撒《ま》くことになっていただろう。

一命を取り留めてなお、どうしようもない重傷であることに違いはない。

激痛に悶《もだ》えながらも、エルネストは踏み止《とど》まる。

「があぁぁぁぁっ!!」

歪《ゆが》む視界の中で足場となる敵を踏み、漏れ出そうになる苦痛のうめきを咆哮《ほうこう》に変える。

痛みに身を任せ、敵の只中《ただなか》に落ちれば、嬲《なぶ》り殺しにされるしかないのだ。身を屈めた姿勢から大きく跳躍し、左腕に残る斧槍を振るい、跳ぶ。

エルネストは前へ跳んだ。ヴィルヘルミーネが落下した今ならば、前進することができる。進む以外に選択肢はなかった。後退すれば、動きが鈍《にぶ》り、追撃を受ける。この傷でそれを振り払い、逃げ戻ることはできない。

前へ進んでも敵は無限に存在する。似たようなものだ。右腕が動かず、腹の傷がどれほど深いのかは鎧の上からでは判断ができない。兵を蹴り、跳ぶたびに、熱いものがこぼれ落ち、信じがたい痛みが脳を焼く。

後方でヴィルヘルミーネの声がした。やけに澄んだ声だが、聞き取れない。それが自分の追撃を命じていることだけはわかった。

飛来する斧や槍、矢を、斧槍で薙《な》ぎ払う。左腕だけでは払い切れず、矢が肩をかすめ、焼けた鉄の匂《にお》いがした。

エルネストは自分でも理解できない怒号を放ち、ひた走る。もう引き下がることはできない。

ヴィルヘルミーネと戦って理解したことがある。彼女は正真正銘《しょうしんしょうめい》の化け物だ。

エルネストは重騎士として優れた資質を持っている。感覚強化型、脚力強化型大甲冑の補助なしに、敵陣の上を駆けるような戦い方をできるのは、その資質あってのことだと考えていた。力も強く、持久力もある。正面からぶつかったとしても、ほとんどの重騎士に押し負ける気がしない。

それらの自信が、ヴィルヘルミーネの前に、一撃で打ち砕かれた。

戻り、命を懸《か》けて戦いを挑んだとしても、おそらく負ける。少なくとも、負けると考えている時点で、敗北は決まっている。

あのノーフォークの重騎士なら、違うだろう。一度敗れていても、あの男が引き下がるとは思えない。そして、『血風姫《けつぷうき》』に一撃を与え、撤退させた『鉄球姫《てっきゅうき》』もまた、自分とは違い、ヴィルヘルミーネに抗する力を持つ。

歯を嚙み締めた口の中、鉄の味がする。いつ切ったものかもわからない。

エルネストの眼前が開けた。敵の密度が一気に薄くなる。サウスエンド河岸要塞《かがんようさい》を包囲する別部隊の頭上に彼はいた。

獣《けもの》そのものの叫びを上げて、残された斧槍を振るい、鮮血を迸《ほとばし》らせる。

……忠誠とか、そんなもんじゃねえ！

エミリーを河岸要塞へ行かせなければならない。それができなければ、ラゲーネンは負ける。自分も、あの女に一矢《いっし》報《むく》いることができず朽《く》ち果てる。

竜躪騎兵はまだ来ていない。だからこそ、エルネストは大きく跳ねた。鎧を伝い、赤い血が流れ落ちる。

河岸要塞を囲む敵兵の中へ『猿騎士《さるきし》』が突入する。

◆　◆　◆

「抜けた!?」

向かい来る重騎士の攻撃をかい潜《くぐ》り、その喉《のど》へ短槍《たんそう》を突き立てながら、グレンは叫んだ。

何度目かの敵の迎撃を竜躪騎兵《りゅうりんきへい》は突き抜けた。

敵の喉を貫《つらぬ》いた槍《やり》は深々と穂先を沈め、完全に咥《くわ》え込まれている。短槍から手を離し、新たな槍を鞍《くら》から引《ひ》き剝《は》がしながら、グレンは前方を睨《にら》んだ。

竜躪騎兵の行く先に河岸要塞《かがんようさい》がそびえる。投石と巨大な矢の攻撃を受け続けた城壁は傷《いた》み、罅《ひび》が生じていた。いまだ川からの敵の攻撃はやまない。人の手によって積み上げられ、川に向かう断崖としてそびえる城砦《じょうさい》は既に崩落寸前だ。

それを囲み土塁《どるい》と柵《さく》が並べられ、いくつもの攻城兵器が稼動している。丘の周囲に配置された敵兵たちはヴェルンスト軍のごく一部とはいえ、千を超える大軍であることは間違いない。

「足を止めるな!!」

追いつき、群がる敵を鉄球で薙《な》ぎ払いながらエミリーが叫ぶ。土と血で汚れ、傷だらけの大《だい》甲冑《かっちゅう》の胸で翼を広げた大鳥が真紅《しんく》の輝きを放つ。

「我々はこのまま河岸要塞へ突撃する!!　続けっ!!」

誰の応《こた》えも待たず、馬の腹をひとつ蹴り、加速させた。グレンたち竜蹴騎兵もそれに続く。

右翼を大きく迂回《うかい》したにも拘《かかわ》らず、ここまでの敵中突破でさらに三名の重騎士が犠牲《ぎせい》になっていた。

突如《とつじょ》、出現し、突撃してくる竜蹴騎兵に対し、河岸要塞の攻囲軍がその矛先《ほこさき》を転じる。

半島の連合軍にも匹敵する規模の敵が、エミリーたち全てを含めわずか十四騎の重騎士へと殺到する。

エミリーの鉄球が兵をまとめて潰《つぶ》し、セリーナがその隙《すき》を護り抜く。リカードの両の戦槌が振るわれるたび、血と肉が飛び散る。

グレンもまた短槍を振るい、繰り出す正確無比の刺突《しとつ》で、兵も重騎士も構わずに討ち取っていく。かわせる攻撃は、反撃すらせず、最小限の動きでよけて進む。

だが、あまりに敵の数は多い。群がる『蹂躙槌《じゅうりんつい》』を防ぎきることができず、また一人の重騎士が馬ごと潰されて死ぬのが見えた。別の重騎士が馬を射抜かれ、落馬したところへ敵が殺到する。

エミリーはヴィルヘルミーネの暴竜鉄騎兵《ぼうりゅうてっきへい》を真似《まね》、この竜躙騎兵を編制した。重騎士のみの部隊は彼女の想定どおり凄《すさ》まじい突破力を発揮し、圧倒的な数の敵軍を抜けてここまで来ることができた。

だが、竜躙騎兵と暴竜鉄騎兵には致命的な違いがある。

「馬を狙えっ！」

敵重騎士の叫びと共に、一斉に突き出された武器がまた一人の重騎士を馬から落とした。

暴竜鉄騎兵の装甲馬は重騎士を上回る破壊力を持つ。対重騎士兵器も、重騎士も、ノーフォーク家の長槍《ちょうそう》部隊でさえ、それらを止めることはできなかった。しかし、竜躙騎兵が駆るものはただの軍馬だ。優れた軍馬を選び抜いたとはいえ、限界がある。加えて、選ばれた精鋭重騎士たちの個々の戦力は高くとも、最低限の合同訓練しか行っていない以上、その錬度は極めて低い。おそらく、竜躙騎兵では、ノーフォークの長槍《ながやり》に敵《かな》わない。

本来であれば、半島軍の夜襲のように、他の部隊と連携《れんけい》した、ただ一度のみの奇襲として用いるのが限界のはずだ。竜躙騎兵はそれを、個々の重騎士の実力に任せて無理矢理、暴竜鉄騎兵と同じように使っているに過ぎない。

重騎士たちの悲鳴と怒号が響く。何人が討たれたのかわからない。

それでも、グレンたちは要塞攻囲軍を抜けた。

サウスエンド河岸要塞へ通じる道を塞《ふさ》ぐ防柵をリカードの戦槌が殴り壊し、それを他の重騎士が広げる。

一瞬も足を止めず、竜躢騎兵は河岸要塞の眼前へ躍り出た。敵の侵攻を食い止めるため、急な傾斜で作られた丘を要塞目掛けて一気に駆け上がろうとする。

「いかん！」

数騎の重騎士が馬首を返し、坂を転がるように駆け降りた。

振り返れば、竜躢騎兵に続く馬車に敵兵が襲いかかっていた。馬車はここまでの戦いで既にボロボロだ。幌《ほろ》には矢や斧が突き刺さり、特別に補強されているはずの車体には亀裂《きれつ》が入っている。車輪は外れかけ、走っていることが奇跡にも思えた。予備の馬ももはやいない。護衛の重騎士も負傷した者が一人残っているだけだ。

懸命《けんめい》に斧を振るう護衛を敵重騎士の戦槌《せんつい》が殴《なぐ》りつけた。崩れ落ちながらも、自分を打ち据えた重騎士を摑《つか》み、道連れとして転げ落ちる。守護者を失った馬車へ殺到する敵を、馬を反転させた二人の重騎士がはね飛ばした。群がる敵の中に彼らの姿が消える。

敵を振り切った馬車が、車体を崩壊させながら坂を登っていく。破れた幌の中に鉄の塊《かたまり》が見えた。

エミリーやグレンが目指す河岸要塞の城壁の上で、兵たちが何かを叫んでいるのが見える。竜躢騎兵の急襲を受けた攻囲軍はともかく、後方の大河に浮かぶ敵船からの投石は止まらない。巨大な投石機が放つ岩の一撃が、兵を城壁の一部もろともに打ち砕き、バラ撒《ま》いた。

重々しい音と共に城門がゆっくりと上がり始める。傷だらけになりながらも、数週間にわたり、河岸要塞を護り続けた三重の城門全てが巻き上げられていた。

グレンたちを追い、坂を駆け上がってくる敵がどよめく。城門が突如《とつじょ》、開かれたことに警戒を示したのだろう。それでも攻囲軍の進軍は止まらない。先程、敵中に突入した重騎士たちは既に討たれている。

城門の開放を攻撃の機会と見たのか、エミリーたち竜躢騎兵がその中へ逃げ込もうとしているように思ったのかはわからない。さらに多くの軍勢が防柵の一部を自ら倒しながら、追撃してくる。

「引きつけろっ！」

エミリーが馬を止め、振り向いて叫んだ。

彼女の脇《わき》を崩壊寸前の馬車が通り過ぎ、開かれた門を潜り抜けていく。

「ここからだ!!」

鉄球を振り回しながら、戦槌を迫り来る攻囲軍へと突きつける。

その声に応えるように彼女の後方、城門から喊声《かんせい》が上がった。馬車と入れ替わるように飛び出してきたのは、サウスエンド河岸要塞の守備隊だ。想像よりも数が多い。誰もが憔悴《しょうすい》して見えるが、まだ目が死んでいない。

重騎士と、彼らに率いられた兵が声を上げて走り出す。守備隊のほぼ全軍、おそらく五百近い兵が出撃していた。

グレンたちに追撃をかけていた攻囲軍にわずかに惑《まど》いが見えたが、勢いは緩《ゆる》まない。要塞守備隊のほぼ全軍が出撃し、竜躙騎兵と合流してなお、兵力は圧倒的に敵が多い。竜躙騎兵はもはや全員でも十人を切っている。サウスエンド守備隊の重騎士はもとより二十人程度しかおらず、明らかに負傷した者も混じっていた。

「食い止めろ！　何としてでも!!」

圧倒的不利を承知しながらも、守備隊と竜躙騎兵は迫る大軍目掛け、坂を駆け下りていく。グレンも馬首を返し、短槍を手に駆け出そうとした。

その時、彼はエミリーが近づいてきた守備隊長に何かを耳打ちするのを見た。壮年の守備隊長の顔色が目に見えて変わる。

「……沙汰《さた》を待て……と。直接伝えるとは聞いていましたが……」

蒼白《そうはく》と言っていい顔で、守備隊長はうめいた。

「正気ですか？　エミリー様……いや、エミリー陛下《へいか》」

「寝ぼけた頭で言えることか！　やれ！　妾《わらわ》たちはそれまで、ここを護る!!」

彼はまだ少しだけ迷いを見せたが、近づいてくる敵軍を見下ろし、その唇《くちびる》を横一文字にひきしめた。

一礼し、走り去る彼を見届け、エミリーは先行する味方を追って走りだす。セリーナと共にグレンはその横に並んだ。

いつになく緊張した面持《おもも》ちで呟《つぶや》くエミリーの額《ひたい》から汗が滴《したた》った。

「一度しかできん攻撃だ……」

彼女は今回の策を河岸要塞に伝えてはいなかった。前準備の指示だけは伝令を送っていたが、彼らには最低限の情報しか知らせずにいた。その内容だけでは、たとえ伝令が捕らえられたとしても、エミリーの狙いは見抜くことができないはずだ。情報が漏れればそれだけで策は失敗に終わる。加えて、おそらく、王であるエミリー自身が直接伝えなければ、守備隊長が動かない可能性もあった。経験豊富な重騎士である彼の動揺がその策の危険さを示している。

グレンはエミリーがこれから何をするのか知っている。緊張に口の中が乾いてくる。

「行くぞ、グレン」

そう言った彼女の顔からは恐れや不安が消えているように見えた。実際はそんなことはないのだろう。グレンの不安を察し、自身を押し殺しているのだということはわかる。

彼女の想《おも》いに応えなければいけない。

グレンは槍を手に敵を睨《にら》みつけた。彼もまた緊張や戸惑いを心の底へ押し込める。

坂を下るラゲーネン軍と攻囲軍が激突しようとしていた。

「ヴェルンストに吠《ほ》え面《づら》をかかせる‼　そのために‼」

エミリーの笑みは、牙《きば》を剝《む》く凶暴極まりないものへ変わる。

「叩き潰し、護り抜け‼　竜躪騎兵《りゅうりんきへい》‼」

「サウスエンド守備隊の底力、新王エミリー様にお見せしろっ‼」

エミリーが叫び、竜躙騎兵たちが咆哮《ほうこう》し、サウスエンド守備隊が応えた。

両軍が激突する。たちまちのうちに血煙が噴き上がり、断末魔《だんまつま》の悲鳴と鉄のひしゃげる音が響き渡る。

グレンは竜躙騎兵の不利を悟る。敵は重騎士に加え、無数の兵を投入している。対して、竜躙騎兵には彼らを護る兵がいない。サウスエンド守備隊はその数も、対重騎士兵器も数が少な過ぎる。位置的に優位にあると言える逆落としのはずだが、むしろ、有利と言える状況はそれだけだ。

最初の激突だけで多くの重騎士が倒されるのが見えた。

この衝突は重騎士を一点集中させた先程までの突撃戦とは違う。多くの対重騎士兵器を用いた攻撃は寡兵《かへい》のラゲーネン軍に対して、十分な脅威《きょうい》となる。

『大騎槍《だいきそう》』が重騎士を打ち貫く。兵たちがまとめて弾き飛ばされる。

突入したエミリーとグレンが武器を振るい、敵を薙ぎ倒していくが、攻勢は緩まない。

エミリーが歯を食い縛りながら、戦槌で敵を叩く。その隙を突こうとした敵を、グレンとセリーナが打ち払う。それでも、防ぎきれない攻撃が、エミリーたちの鎧《よろい》に次々傷を刻んでいく。

セリーナがうめく。暴竜鉄騎兵との戦いで受けた傷から血が滴っていた。エミリーの息も荒く、押し込まれ馬が後退する。彼女たちだけでなく、竜躙騎兵も守備隊も徐々に押し返されつつあった。やはりどうしようもなく兵力が違い過ぎる。

その時、頭上をよぎる影をグレンは確かに見た。

　血まみれの斧槍《おのやり》が閃《ひらめ》き、エミリーに襲いかかろうとしていた重騎士の肩口を引き裂いた。怯《ひる》んだ重騎士を鎧通《よろいどお》しで貫きながら、空を見上げる。

　斧槍を左手で振り回しながら、エルネストが飛翔《ひしょう》していた。

　振り仰いだグレンの面頬《めんぽお》を落ちてきた液体が濡らす。濃厚な鉄の匂《にお》いがした。エルネストの右腕はだらんと垂れたままだ。獣《けもの》の毛皮をそのまま用いた外套《がいとう》は穴だらけで、動きは精彩を欠く。彼がかなりの傷を負っていることがわかる。

　それでもなお、エルネストの奇襲は確実に敵の進撃を鈍らせた。心の内で感謝の言葉を告げる。竜躙騎兵もサウスエンド守備隊もその隙を逃さない。エルネストに気を取られた敵を、リカードの戦槌が打ち砕く。エミリーが振るう鉄球が軌道上にある敵を次々と打ち倒す。重騎士たちの攻撃はついに敵を後退させた。

　……持ち堪《こた》えさせる！

　疲労が重く伸《の》しかかる身体を叱咤《しった》し、前へ踏み出す。

「『鉄球姫《てっきゅうき》』を討《う》て！　そいつを討てば、終わりだ！」

　その時、指揮官らしい敵重騎士が叫んだ。反転した『大騎槍』と、『蹂躙槌《じゅうりんつい》』がその矛先《ほこさき》をエミリーへと向ける。グレンが槍を繰り出し、セリーナが身体ごと盾を叩きつけ、『蹂躙槌』の進路を逸《そ》らす。しかし、全てを防ぎきることができない。『蹂躙槌』数発が重騎士の護りを抜ける。

　エミリーがとっさに跳んだのと、その乗馬が肉片と化したのは同時だった。

空中から鉄球を叩きつけ、群がる敵を叩き潰す。だが、攻撃でできた一瞬の隙を突き、脚力強化型の重騎士が彼女の間合いの内に飛び込んだ。叩き込まれた戦槌を、戦槌で防ぐも、力で押し負け、退く。そこへさらにもう一撃、鉄塊《てっかい》が翻《ひるがえ》り迫る。

「エミリーっ!!」

グレンは馬から跳んだ。真横から正確に重騎士の首を貫く。そして、着地と同時に身を捻《ひね》り、逆手の鎧通しを突き出す。小型盾の表面をガリガリとかすめ、火花を上げながら大斧が通過していく。それをさかのぼり、グレンの鎧通しは斧を振るった重騎士の喉《のど》をやはり正確に貫いていた。

エミリーを庇《かば》う形で跳び込んだグレンは後ろを振り向きもしていなかった。槍と鎧通しを引き抜き、流れ出す血と共に二人の重騎士が倒れた時、初めて彼はエミリーを背に庇う形で敵へと身を向けた。

「グレン!?　お前、その技……!?」

応える余裕はない。同じく馬から飛び降り、『蹂躙槌』を真っ向から叩き砕くリカードを目の端に捉《とら》え、セリーナに護られるエミリーの動きを背後に感じながら動く。

グレンは奇妙な感覚に身を包まれていた。

身体が思考よりも先に動いている。頭で敵の攻撃を察知した時には、既に小型盾がそれを弾いていた。意識もせずに突き込んだ鎧通しはいつもよりも正確に鎧の隙間を穿《うが》つ。

エミリーを狙い、群がり来る敵を最小の動きで払う。兵たちは拳で、蹴りで、槍の柄を叩きつけて倒す。腕力も脚力も強化されていないグレンであっても、大甲冑《だいかっちゅう》を着けていない敵兵との膂力《りょりょく》には大きな力の差がある。的確に叩き込めば、それだけで戦闘不能にできる。

重騎士の攻撃は受け止めない。ほとんどを身を振って回避する。よけきれないものだけを小盾で流し、槍と鎧通しの反撃で確実に仕留める。

敵の動きが全て鮮明に見えていた。視界に捉えられるものだけではない。本来、死角にいるはずの敵の動きすらも音と気配で読みきれる。エミリーだけではなく、周囲の味方の動き全ても手に取るようにわかる。

身体が動くに任せ、グレンは槍を振るう。近づくもの全てを叩き伏せ、刺し貫く。

エミリーの鉄球が飛び、リカードが敵を砕く。エルネストが敵の中を飛び回り、重騎士を次々と倒していく。

それでもなお、敵の攻撃はやまない。圧倒的な物量は徐々にエミリーたちを押し包みつつある。ほとんどの重騎士は馬を潰され、機動力を失っていた。また一人、守備隊の重騎士が倒れた。

グレンは動作だけではなく、呼吸すら最小限でしか行っていないことに気づく。自分でも驚くほどに消耗《しょうもう》が抑えられていた。それでも、長時間の戦闘は確実に体力を奪っている。武器を振るうたび腕は重さを増し、肺は熱く、吐息からは血の匂いがする。

敵の攻撃をよけ損ねたエミリーの兜から白い羽根が散った。

リカードの外套が火花と共にちぎれ飛ぶ。多くの武器を隠し持っていたはずのリカードが、敵から奪った戦槌と戦斧を振るっていた。直撃は避けているものの鎧に刻まれた傷は数えきれない。

自分の体力も含め、どちらにしろ、このままではもたない。河岸要塞《かがんようさい》にはいまだ動きが見えない。何も起きなければ遅かれ早かれ、竜躪騎兵もサウスエンド守備隊も敵の物量の前に全滅する。

打開策を必死に講じながら戦うも、目の前の敵を討ち倒すことがやっとだ。

その時、不意に敵の攻撃が途絶えた。

攻め寄せていた敵が一斉《いっせい》に退く。誰かが安堵《あんど》の息を漏らそうとして、一瞬の後、息を呑んだのがはっきりと聞こえた。

退く敵の後方に大型の弩《いしゅみ》が並べられていた。戦の最初に用いられる攻城用の弩だ。それが横一列に並べられている。ここまで正面から攻め続けていたのは、その準備を隠し通すためだったことに気づいたが、あまりに遅過ぎた。

既に弦は引き絞られている。三千の軍勢を相手にしてもおかしくはない数を揃えた、城壁にすら突き立つ鋼鉄の鏃《やじり》が、グレンたちわずか二十騎の重騎士に狙いを定めていた。

重騎士は攻城兵器の矢ですら容易に叩き落とす。だが、それは広い戦場で用いられた時の話だ。四方八方から逃れようもないほどの数を撃ち込まれれば、さすがに防ぐ術がない。今、ここにいるほとんどの者が死ぬ。

グレンは自然な動きで前に出た。エミリーを射線《しゃせん》から護る位置に立ち、弩の射線を見極め、何本を払いのけられるか、やけに澄んだ頭で考える。今の自分でも全てを打ち払うのは不可能だと、悟らざるをえない。それならば、エミリーに届く矢だけを集中的に排除し、身をもって彼女を護る。

その考えを断ち切ろうとするように、彼女が鉄靴《てっか》の踵《かかと》を叩きつける音が聞こえた。振り向きもしていないのに、エミリーが本気で怒る顔が見えた気がする。

この期《ご》に及んで、最後の最後までエミリーは自己犠牲を許さないらしい。グレンの口元に涼やかな微笑が浮かんだ。

確かに、ここで死ぬわけにはいかない。死ねばエミリーを護れないだけではなく、必ず帰るのだとアンと交わした約束すらも、反故《ほご》にすることになる。ロッティも泣いてしまうだろう。

気づかせてくれたエミリーに、心の中で感謝した。

それならば、全ての矢を落として反撃する。無茶は承知だが、それ以外にこの状況を打開する方法はない。

今まさに放たれようとする矢の雨へ駆け込もうとするグレンの横へリカードが並んだ。傷だらけの大甲冑《だいかっちゅう》に身を包んだ親友は何も言わない。かつてその大甲冑を纏《まと》い、敵として衝突した彼が、そこにいてくれることが嬉しかった。

エミリーが地面を蹴ろうと身を沈め、セリーナがその前へ立つ。無謀とも思える攻撃を繰り返すエミリーを、セリーナがそっと助ける姿は、日常生活とも変わらない。

この状況でも勝つ。

弩が放たれるだろう方向と数と速度を読みきり、自分ができる限り、それ以上を叩き落す。竜躙騎兵もサウスエンド守備隊も、飛び来る矢に真っ向勝負を挑もうとするエミリーの姿を見たからか、諦《あきら》めている者は一人もいないように見えた。

引き絞られた弦《つる》から今まさに矢が放たれようとする。

グレンたちもまた、総攻撃をかけようと構えを取る。

◆
◆
◆

河岸要塞《かがんようさい》守備隊を率《ひき》いる重騎士《じゅうきし》は歴戦の猛者《もさ》だ。

そんな彼が身体《からだ》の内から湧《わ》き起こる震えを抑《おさ》えきれないでいた。彼の身体を震わせるものは恐怖ではない。ヴェルンストの侵攻に対し、一介《いっかい》の重騎士として激しい戦いを繰り返し、その功績を認められ、守備隊長の座についた彼は今更、戦《いくさ》に恐怖心を覚えなどしない。

だからこそ、彼自身、自《みずか》らの胸に湧き上がる感情に戸惑いを覚えていた。

「本当に……。そんなことが可能なんですか？」

部下の問いかけに、彼は周囲を見回す。

河岸要塞には、もはや重騎士は数人しか残っていない。要塞を護る最低限の人員を残し、全軍が出撃していた。

その数少ない重騎士たちが集結している。無傷の者などいない。だが、数日にわたる攻囲に対して戦い続け、満身創痍《まんしんそうい》ながらも、彼らは戦意を失っていないはずだった。

その目に戸惑いが見える。

守備隊を率いる彼自身も、先刻まで同じ迷いを覚えていた。

彼らがいる場所は河岸要塞の地下だ。

川からの攻撃に要塞が揺れ、そのたびに、天井《てんじよう》から砂が落ちてくる。いつもよりマシだと思えるのは、陸の攻囲軍を、エミリーたち竜躪騎兵《りゆうりんきへい》や、出撃した守備隊が塞《せ》き止《と》めているからだろう。

要塞を支える基部でもある地下の巨大な空間は破壊の限りを尽くされ、惨憺《さんたん》たるありさまを晒《さら》していた。要塞自体を支える柱の多くが薙《な》ぎ倒され、壁という壁には亀裂が生じている。巨大な鉄塊《てつかい》で殴りつけたような跡がそこかしこにある。

それが、この地下室には限らないことを、彼らは知っていた。

河岸要塞は既《すで》に崩落寸前の状態にある。

ただし、河岸要塞を傷つけたのはヴェルンストの攻撃だけではない。

「エミリー王女……いや、エミリー王は正気を失った。そうも考えた」

この数日、敵中を突破し、次々と伝令が届いた。

命がけでもたらされたのは、壁を削り、柱を壊し、彼らの拠《よ》り所《どころ》である河岸要塞を壊せという指令だ。しかも、その指示は異様なほどに的確だった。長く河岸要塞で戦う彼らは、要塞の構造を熟知している。その彼らが納得するほどに、指示された破壊箇所は要塞の弱点を衝《つ》き、確実に構造を弱体化させるものばかりだった。

その行為に疑問と抵抗を覚えつつも、彼は命令に従い、要塞を内から破壊し続けてきた。身を切るような暴挙だった。

「だが、この一撃のためだとするならば。……合点《がてん》はいく」

言いつつ、彼は己の両腕を見る。その両手を覆《おお》うものは使い慣れた籠手《こて》ではない。

普通の大甲冑《だいかっちゅう》と比べても極端に分厚く、多くの輝鉄《きてつ》を刻み込んだ籠手だ。エミリーたちが護り切り、運び込んだ荷の中にあったそれを、彼は装着していた。ラゲーネン王国主流の大甲冑と比べ、あまりに異質な作りに、彼はその籠手が正規の大甲冑のものではないと感じていた。

奇妙なことに、装甲を走る輝鉄の流れは掌《てのひら》に達している。普通の大甲冑では必要ない仕掛けだ。

もしかすると、存在しないはずの大甲冑なのかもしれない。その考えは口に出さずに呑み込んだ。

「しかし、それはこの河岸要塞を……」

「構わん。包みを解け」

罅割《ひびわ》れた床に布で乱暴に覆われた巨大な包みが置かれている。エミリーたちによって運び込まれた荷だ。重騎士数人がかりでようやくこの地下に運び込んだそれを見下ろす。

血で汚れた布を部下が取り去る。

「何だ……これは」

百戦錬磨《ひゃくせんれんま》の重騎士が驚きの声を漏らした。

そこにあったものは、巨大な鉄の塊《かたまり》だった。大柄な重騎士の身体に、匹敵するほどの大きさを持つ長方形の鉄塊が転がっている。そこから伸びる長い柄《つか》は、無造作に固められただけにも見える鉄塊が戦槌《せんつい》として作られていることを示していた。

そして、何よりもその巨大な槌の異質さは鉄塊の表面を走る金色の筋にあった。

「輝鉄……なのか」

守備隊長が籠手に包まれた手を伸ばす。掌に仕込まれた輝鉄と戦槌の柄を走る輝鉄が触れ合い、鉄の塊の表面に血のような赤い光が走る。

同時に彼の身体を途方もない力が駆け巡った。輝鉄による身体能力の強化はその量に比例する。本来ならば、鎧《よろい》にしか埋め込まない輝鉄を武器に埋め込みそれらを連結させたことで、通常の大甲冑では達することができない域までその膂力《りょりょく》を高めているのだ。

とてつもない質量の巨槌がゆっくりと持ち上げられる。

同時に彼は急激な虚脱感を覚えていた。輝鉄の量が極端に増えることは、身体能力の増強と共に、大甲冑から生じる疲労をも高める。赤々と光り輝く輝鉄に、根こそぎ力をもぎとられていく。

「何度も振れるものではないな……。限界が来たら、交代しろ」

異形《いぎょう》の大槌を担ぎ上げ、部下たちに告げる。

彼の目は眼前に残る長く太い柱を見詰めていた。それは、伝令からは破壊を命じられなかった、河岸要塞の支柱だ。

河岸要塞は人工的に築き上げられた丘の上に、長大な支柱を何本も埋め込むことで無理矢理に建てられた建造物だ。これまでの破壊で弱りきった城砦が、その支柱を失えば、何が起こるのかは考えるまでもない。

そして、ラゲーネンの王は自らその指令を伝えた。

河岸要塞を支える支柱を破壊しろと。

「何本で崩壊が始まるのかはわからない。ここにいる全員の力を振り絞り！　成《な》し遂《と》げる！」

赤く輝く槌を大きく振り上げて叫ぶ。

「見せるぞ！　サウスエンド河岸要塞守備隊の底力を！　そして、河岸要塞の最後の猛攻を!!」

彼の叫びに重騎士たちが応える。

……行くぞ！　河岸要塞!!　我らと共に!!

振りかぶった戦槌が唸《うな》りを上げ、石柱にめり込み、それを易々と穿《うが》ち、粉微塵《こなみじん》に打ち砕いた。

◆　◆　◆

攻囲軍《こういぐん》を率《ひき》いるブッフバルト軍の重騎士《じゅうきし》は勝利を確信していた。

わずか十騎あまりで自軍の包囲を突破した『鉄球姫《てっきゅうき》』エミリー率いる竜躙騎兵《りゅうりんきへい》にも、圧倒的少数ながらも、反撃に転じたサウスエンド守備隊にも驚愕《きょうがく》した。国は違えど、同じ重騎士として、その戦いぶりを賞賛する気持ちすらある。

攻囲軍は敵の数から考えればありえないほどの損害を出している。一人の重騎士として、敵の精強さに感心しながらも、指揮官として、彼は何らかの反撃の手段を考えなければならなかった。

だからこそ、彼は重騎士の戦いにあるまじき手段を用いた。

物量で敵を釘付《くぎづ》けし、その間にありったけの弩《ど》兵《へい》を配備、包囲したのだ。鍛《きた》え上げた己《おのれ》の技量と力、全《すべ》てをぶつけて敵を正面粉砕する重騎士の戦いとして褒《ほ》められた戦術ではない。だが、腕の立つ重騎士とて絶対に防ぐことのできない必殺の備えであることは確かだ。

恐るべきことに、それを前にしてもなお、エミリー率いる重騎士たちは戦意を失っていなかった。敵は一斉射撃と同時に、最後の突撃をかけてくる。万が一にも生き残った者がいれば、死に物狂いで戦い、またヴェルンスト軍の多くの重騎士が討《う》たれるだろう。

……『鉄球姫』恐るべしか。

ヴィルヘルミーネ自《みずか》らが率いた暴竜鉄騎兵《ぼうりゅうてつきへい》を撤退させたという話は聞いていた。

先代が成《な》し遂《と》げることのできなかったラゲーネン侵攻を十八歳の若さでやってのけた『血風《けっぷう》姫《き》』ヴィルヘルミーネには及ぶはずもないが、それでも、あと数年生き延びることができれば、優秀な王として、ラゲーネン王国をまとめ上げただろう。

そんな逸材《いつざい》を、このような卑怯《ひきょう》な術で葬《ほうむ》ることに罪悪感を覚えつつも、彼は己の責務を全《まっと》うすることを選ぶ。

一斉射撃の指示を出すべく、上げた腕を振り下ろそうと力を込める。

その時、戦場に角笛の音が響き渡った。

聞こえたのはエミリーたちの後方、斜面の上にそびえ立つサウスエンド河岸要塞《かがんようさい》からだ。

続けて、足元から突き上げるような衝撃に、身が揺らぎ、弩兵への指示が遅れる。

「な……。馬鹿な……」

味方の誰かが息を呑《の》むのが聞こえた。

弩兵たちの視線が敵から逸《そ》れ、大きく見開かれる。その先にあるものを見て、彼らは言葉を失った。

「くく……くははは っ」

誰かが声を出して笑い出した。

笑っているのは味方ではない。大甲冑《だいかっちゅう》を一撃で撃ち貫く弩を備えた兵たちに包囲された絶望的な戦況の中にも拘《かかわ》らず、一人の女騎士が笑っていた。

白い羽根飾りの片翼《かたよく》を欠けさせ、自らの血なのか、返り血なのかもわからない赤黒く汚れた大甲冑に身を包んだ重騎士、『鉄球姫』エミリーが笑っている。

「ははははっ！　ふははははははっ!!」

彼女の笑いは止まらず、爆笑に変わっていく。

彼は射撃の指令を出すこともできぬまま、エミリーから目を離すことができないでいた。

何か巨大なものを抱き締めようとでもするように、鉄球と戦槌を握った両手を無防備に開き、彼女は空を仰《あお》いで笑い続ける。

その間に足元から襲い来る振動は激しさを増していく。その原因が何であるのかは、彼もまた理解していた。頭では理解しつつも、心が眼前の光景を受け止めることができないで立ち尽くす。

エミリーたちの後方、河岸要塞《かがんようさい》から兵が飛び出してくる。いまだそこに残っていた者たちなのだろう。わずかばかり残っていた重騎士たちも、全員が城門を駆け出し、全力疾走で混戦極まる戦場へと駆け降りてくる。その顔は全員、死人のように青い。

彼らの背後で、河岸要塞が大きく揺れていた。揺れが伝わっているのではなく、河岸要塞自体が根元から揺れ動いていた。振動は全てそこから生じている。

傷だらけの城壁に亀裂《きれつ》が走る。石が外れ落ち、見張り塔が崩れて、粉塵《ふんじん》が立ち昇る。

「知っているか、ヴェルンストの犬ども！　機密情報を教えてやろう！　河岸要塞は本来、建てられぬような場所に太い石柱を叩き込み、無理矢理建てられている!!」

笑いながら叫ぶエミリーの頰《ほお》を汗が伝い落ちていく。

「ならば……だ！　それを全て叩き壊せばどうなるか!!」

彼女の背後で河岸要塞が城壁もろともに根元から崩れた。その崩壊は、要塞を支える地面にさえ大きな割れ目を走らせる。

「馬鹿な……。ありえん。何を言っているんだ……」

あまりの光景に弩兵たちに後退しようとする者が出た。退く兵たちと動けぬままに、崩壊する河岸要塞に見入る者がぶつかる。

崩壊していく河岸要塞を辛《かろ》うじて支える形でいた城壁が砕けようとしていた。転がり落ちる瓦礫《がれき》が不自然に高く盛られた斜面を転げ、要塞を飛び出した守備隊に追いすがる。その先には当然、エミリーたちが、そして、彼ら自身がいる。

それなのに、エミリーは笑い続けていた。ヴェルンストの攻囲軍を哀れみ、嘲《あざけ》るように、見下ろしていた。

攻囲軍は竜躙騎兵を追い、サウスエンド守備隊との戦いの中で、要塞前に広がる斜面の半ばまで入り込んでいた。

「こ、ここまで計算していたのか！　罠《わな》か!?」

攻囲軍隊長が嗄《か》れた声で叫ぶ。

その声に、エミリーが牙《きば》を剝《む》く獣《けもの》のような獰猛《どうもう》な笑《え》みで応《こた》えた。

ここまでの攻撃全てが、この一瞬のために用意されていたことを悟り、戦慄《せんりつ》する。

「さあ!!　逃げ惑えっ!!　ヴェルンストの雑魚《ざこ》どもっ!!　これがラゲーネンの……『鉄球王』エミリーの戦だっ!!」

エミリーの怒号が合図となったかのように、河岸要塞はその瞬間、完全崩壊した。

地盤を巻き込んでの崩壊が、人の手で造り上げられた丘の頂点で起きた。

そもそもが無理な構造で作られていた要塞は、自然な形に戻るべく大地もろともに粉微塵《こなみじん》に、完膚《かんぷ》なきまでにその巨軀《きょく》を砕けさせ、途方もない粉塵を巻き上げて転がり落ちる。

ヴェルンストの兵たちが絶叫した。恐怖に満ち満ちた叫びの中に、攻囲軍の隊長は自らの上げた悲鳴すらも混じっていることに気づく。

転がり落ちてくる河岸要塞の残骸《ざんがい》と、凄《すさ》まじい量の土砂。そして、それと共に突進してくるエミリーたちラゲーネン王国の重騎士たち。

指示を出そうとするも、恐怖に駆られた味方に弾《はじ》き飛ばされ、転げたところを踏《ふ》み躙《にじ》られ、何も言うことができぬままに倒れ伏す。

後退する味方に四肢《しし》を潰《つぶ》され、脇腹を叩き潰されながら、彼は迫る『鉄球姫』たちを見る。

「ヴィ、ヴィルヘルミーネ……様!!」

『鉄球姫』は優秀ながらも、『血風姫』には届かない。

そうではないのだと、今更ながらに思う。

『鉄球姫』と『血風姫』は根本で違う。ヴィルヘルミーネはこのような攻めは行わない。

他のどのような重騎士でも、こんな攻撃を行う者はいない。

心を蹂躙《じゅうりん》される恐怖と、身体を打ち砕く痛みに顔を歪《ゆが》め、絶叫した直後、叩きつけられた『鉄球姫』の鉄靴が彼の思考を断絶させた。

◆　◆　◆

「さあ行くぞ！　竜躙騎兵《りゅうりんきへい》！　サウスエンド守備隊！」

崩れた要塞《ようさい》の瓦礫《がれき》が土塊《つちくれ》を巻き込み、凄《すさ》まじい粉塵《ふんじん》を噴き上げながら土石流《どせきりゅう》と化して、滑り落ちてくる。

「前へ向かって逃走だっ!!」

嬉《うれ》しそうに叫ぶと同時に、エミリーが先陣を切って逃げる敵軍目掛けて走り出した。

グレンもまた彼女に続き、全力疾走する。

彼女の正面にいた弩兵たちが反射的に引き金を引く。十数本の矢が一斉に放たれたが、エミリーには届かない。前に出たグレンが槍《やり》で絡《から》めて投げ捨て、セリーナが盾《たて》を横からぶつけて軌《き》道《どう》を逸《そ》らす。

輝《き》鉄《てつ》の赤光《しゃっこう》を輝かせ跳び上がった『鉄球姫』の一撃が弩兵をまとめて薙《な》ぎ払う。

エミリーの攻撃と迫る土石流が、敵軍に生じさせた隙《すき》と弩兵たちの穴を、竜躙騎兵もサウスエンド守備隊も見逃さない。

エミリーに続き、突撃し、一気に突き崩す。

先程までの圧力が敵から消えていた。竜躙騎兵の戦槌《せんつい》が重騎士もろとも、兵を叩きのめし、守備隊の猛攻が敵軍を後退させる。

「て、撤退だ！　いったん、退け！」

「逃げろ！　ダメだ！　逃げろっ！」

それでもなお、敵軍にはエミリーたちを包み殺せるだけの兵力があったはずだ。だが、駆けるエミリーの背後からは石塊《せっかい》の雪崩が凄まじい音を立てて迫っていた。要塞のために作られたはずの丘の斜面を抉《えぐ》りながら、石と土の塊が転げ落ちてくる。巻き込まれれば潰されるしかない。

算を乱し、敵軍が逃走に移る。

「ふはははっ!!　我らも逃げろ！　逃げろっ！　さもないと死ぬぞっ!!」

言われるまでもなく、グレンたちも全力疾走している。河岸要塞から遅れて逃げ出してきた者たちも、既にグレンたちのすぐ後ろに続いていた。

「そして、逃走を阻《はば》む者は全て叩けっ!!」

鉄球が飛び、無防備な敵兵を叩き潰した。グレンも己の進路を阻む者だけを選び、槍を突き入れる。背を向けて必死に逃げることしかできない敵を叩くことは容易《たやす》い。

要塞を背にしていたエミリーたちは雪崩に近い場所にいる。脚力を強化されていない重騎士や兵たちでは、全力で走ってなんとか逃げおおすことができる状態だ。だが、寡兵《かへい》であることと、重騎士の割合が高いことはエミリーたちに味方していた。むしろ、それが狙いだった。

逃げるヴェルンスト攻囲軍の動きが鈍《にぶ》る。背を向けた敵の向こうに、いまだ河岸要塞へ向かって前進しようとしていた部隊がいた。ヴェルンスト軍は大軍だ。それゆえ、退却の指示が伝わりきらず、遥《はる》か前方で起こった河岸要塞の崩壊を確認できなかったのだろう。

ヴェルンスト軍は味方同士で衝突した。逃走するべく焦《あせ》った重騎士が味方の兵を殴り飛ばし、兵たちはぶつかり合って倒れる。止めることができなかった『蹂躙槌《じゅうりんつい》』は味方をまとめて押し潰していた。状況を把握《はあく》できていない重騎士が怒鳴り散らす声が聞こえる。

さらにそこへエミリーたちが斬り込んだ。混乱していた彼らにそれを止める術《すべ》はなく、一方的な攻撃が加速度的に混乱を増す。

グレンたちは足を止めない。立ち止まれば自分たちもまた河岸要塞の崩壊に巻き込まれる。敵軍に分け入り、突き進む。逃げながら武器を振り回すだけで目的は果たせた。

恐慌《きょうこう》に陥《おちい》り、止まった敵はグレンたちの攻撃を浴びるか、追いついた土石流に巻き込まれて死んだ。逃げる途中、打ち倒された者も、迫る土砂から逃げ延びることはできない。命がけでエミリーたちを止めようとした者もいたが、後退してくる味方に動きを止められたところを呆《あっ》気《け》なく倒された。

ヴェルンスト攻囲軍はもはや軍としての体裁《ていさい》を保ってはいなかった。

実のところ、崩壊した河岸要塞の岩塊が届く範囲はそれほど広くない。あくまで斜面を滑り落ちる程度で、そこから離れれば損害はなくなる。

しかし、ヴェルンスト軍はラゲーネン軍の勢いと、目の前で起きた信じがたい出来事に完全に呑み込まれていた。

「打ち砕け！　叩きのめせ!!　ラゲーネン王国に勝利をっ!!」

土砂から逃れ、逃亡者から追撃者に変貌《へんぼう》した竜躝騎兵が浮き足立つ敵を一気に叩く。攻撃成功を伝える角笛《つのぶえ》がいくつも吹き鳴らされ、後退した攻囲軍と衝突したヴェルンスト本軍後衛までもが悲鳴を上げた。

それらの敵をことごとく、エミリー率いる竜躝騎兵、サウスエンド守備隊が完膚《かんぷ》なきまでに叩き潰していく。

第四章

戦況は覆《くつがえ》っていた。

突如《とつじょ》後方で起こった河岸要塞《かがんようさい》の崩壊《ほうかい》と、味方である攻囲軍《こういぐん》の後退、そこへ背後から攻めかかってきた竜躙騎兵《りゅうりんきへい》、サウスエンド守備隊の一斉《いっせい》攻撃。それら全《すべ》てがヴェルンスト軍後衛《こうえい》を混乱の坩堝《るつぼ》に叩《たた》き込んでいた。

「エミリー様自《みずか》らの支援！　感謝いたします！」

「サウスエンド守備隊の底力！　奴《やつ》らに見せつけます！」

「恩賞《おんしょう》、期待していますよ！」

口々に叫び、サウスエンド守備隊の重騎士が残された兵を率《ひき》いて敵中に突撃していく。彼らを止めるべく反撃に出ようとする者もいたが、乱れた陣の中では満足にそれを果たすこともできずに討《う》たれていく。

その時、戦場の彼方《かなた》から別の角笛《つのぶえ》が高らかに響き渡るのが聞こえた。ヴェルンストの大軍を相手に、必死の防戦を続けていたラゲーネン王国軍本軍の角笛だ。それは、河岸要塞を利用したエミリーたちの奇襲が成功したことに応《こた》える、反撃の合図だ。

ラゲーネン王国軍は挟撃《きょうげき》に成功していた。サウスエンド守備隊は寡兵《かへい》だが、個々の戦闘力は高く、混乱した後衛はもはや敵ではない。河岸要塞を包囲していた兵のほとんどは討たれるか、要塞の崩壊に巻き込まれて壊滅している。

後方からの痛打が、本隊の攻撃を支援していた。ヴェルンスト軍が目に見えて、崩れていく。指揮系統《しきけいとう》が乱れに乱れ、攻撃に対応することができない。飛び込んだラゲーネン軍の重騎士たちが片っ端から敵を討つ。

エミリーに続き、武器を振るいながらグレンは走る。兵力はいまだ敵軍が勝《まさ》る。それでも、挟撃に成功したことで、戦況は確実にラゲーネンの優勢に傾いていた。

「一気に攻めろっ!!　今を逃すなっ!!」

叫ぶエミリーの声にはどこか焦《あせ》りを感じる。グレンたちもその意味を理解していた。ラゲーネン軍は作戦に成功したが、引き換えに北方の護《まも》りである河岸要塞を失っている。そのことにより、河岸要塞へ攻撃をかけていた渡河《とか》部隊が上陸を開始する可能性がある。そうなれば、今度はエミリーたちが敵の挟撃を受けることになる。

劣勢を覆してなお、ラゲーネン軍に余力はない。敵の反撃態勢が整うまでに一気に潰《つぶ》しきるしか勝利する術《すべ》はないのだ。

「……来たか」

エミリーが忌々《いまいま》しげに呟《つぶや》いた。嚙《か》み締めた彼女の歯が音を鳴らすのを、グレンは聞いた。問う暇《ひま》もなく、グレンは彼女の言葉の意味を知る。

サウスエンド守備隊が敵を叩く戦場の一角で、突如、爆音が轟《とどろ》いた。

飛び散った大量の鮮血が陽光の下に赤い霧を作り出す。兵の腕や足、頭が斬り裂かれ、バラ撒《ま》かれるのが目に焼きつく。

兵を蹴《け》散《ち》らし、鋼《はがね》の軍馬が空を舞う。肩から伸びる巨大な角で串刺しにした敵兵をぶら提げたまま、鉄の蹄《ひづめ》がさらなる兵を踏み砕き、肉片へと変えた。

その背には白銀の甲冑《かっちゅう》を血でまだらに染め上げた女騎士がいた。巨大な双戦斧《そうせんぶ》が凄《すさ》まじい速度で回り、そのたびに断末魔《だんまつま》の絶叫が上がる。ほとんど銀色に見える長い髪を大きくなびかせ、唯一《ゆいいつ》返り血を浴びていない顔には、柔らかな微笑《ほほえ》みが浮かんでいた。

『血風姫《けっぷうき》』ヴィルヘルミーネ・ブッフバルトだ。

「出たな！　ミーネちゃん！」

冗談めかしてその名を呼ぶエミリーだが、そこには確実に緊張が混じっていた。

ヴィルヘルミーネが双戦斧を大きく振るう。無骨《ぶこつ》極《きわ》まりない武器を扱いながらも、その斬撃《ざんげき》には目を奪われるような優美さがある。双戦斧が走った後に金属の切断音と、噴き上がる鮮血、バラバラに裂かれた人体が続く。その軌道上にいる者はことごとく死んでいた。

ヴィルヘルミーネは動きを止めない。戦馬が駆ければ、そこにいた者は轢殺《れきさつ》され、己《おのれ》の回転を生かし、留まることなく振るい続けられる戦斧は切り刻まれた死者の山をたちまちに作り上げる。重騎士ですら、その動きを一瞬も止めることができず、もの言わぬ屍《しかばね》と化す。

彼女がほんの数秒で何人の命を奪ったのか数えることもできない。

サウスエンド守備隊の進撃が止まった。

さらに、そこへ別の方向から鋼《はがね》の馬蹄《ばてい》を打ち鳴らし、接近する者たちがいる。

「死に損《ぞこ》ないがっ！」

エミリーが毒づいた。

進路から逃げ遅れた味方すら蹴り飛ばし、鋼鉄で身を包む騎兵の一団が突き進んでくる。ラゲーネン軍後方の戦いで仕留め損ねた暴竜鉄騎兵の残り八騎だ。

彼らはヴィルヘルミーネに動きを止められたサウスエンド守備隊目掛け、突撃態勢に入った。あの状況で暴竜鉄騎兵の突撃を受ければサウスエンド守備隊は壊滅的な打撃を受ける。数こそ半減しているが、暴竜鉄騎兵の驚異的な破壊力は変わらない。

「止めるぞ！　竜躙騎兵っ!!」

叫び、エミリーが駆け出す。残る竜躙騎兵が敵を薙《な》ぎ払いながら、彼女に続いた。

グレンたちを含め、二十五騎いた重騎士はもはや、十人もいない。エミリーとそれに続くグレンとセリーナ、リカード。そして、ラゲーネン軍から選ばれ、生き残った数人の重騎士はサウスエンド守備隊の減速で態勢を整え直そうとしている敵軍を蹴散らし、鉄騎兵の進路へと飛び出す。

厚い装甲で身を固めた騎馬の一頭が輝鉄の輝きと共に大きく跳躍《ちょうやく》し、躍りかかる。

鉄が踏み砕かれる音がした。

群がる兵を叩き伏せ、『蹂躙槌《じゅうりんつい》』を戦槌《せんつい》の一撃で叩き伏せたリカードの腹に、落下した戦馬の鋼鉄の蹄が食い込んでいる。

「……が!?」

彼の口から苦痛のうめきが漏《も》れた。鉄の装甲の上から肉体を粉砕する蹴りを浴びながらも、リカードの戦槌が唸《うな》りを上げた。

馬の側頭部が装甲ごと吹き飛び、騎手の重騎士が派手に馬から転げ落ちる。

しかし、リカードもまた吹き飛び、敵兵を巻き込みながら地面の上を転げていく。

「リカードッ!?」

しかし、グレンには彼を救いに行く間がない。

残る暴竜鉄騎兵が馬から飛び降り、そのままグレンたち竜躝騎兵へと襲いかかる。全力で馬を飛ばせば、敵よりも味方に損害が出るということを考えての行動だろう。さらに、リカードに落とされた者も立ち上がり、腰の戦槌を引き抜き躍《おど》りかかってくる。

「こいつら……!　時間稼ぎか!?」

打ちつけられた戦槌を跳《と》びかわし、鉄球を振り投げながら、エミリーが舌打ちした。

視界の端に荒れ狂う血の嵐が映る。ヴィルヘルミーネを止められる者はいない。彼女はただ一人でサウスエンド守備隊の攻勢を食い止め、戦況を巻き返そうとしている。『血風姫《けっぷうき》』の間合いに入った者は、敵も味方もまとめて血煙と化していく。

そして、エミリーたちが彼女へ近づく最短の道筋は暴竜鉄騎兵たちが身を張って封鎖《ふうさ》していた。

敵は彼らだけではない。河岸要塞《かがんようさい》崩壊の混乱から徐々に立ち直りつつある敵軍もエミリーたちへの包囲を狭めようとしている。

「おぉぉぉぉぉぉぉっ!!」

血を吐《は》くような凄《すさ》まじい咆哮《ほうこう》と共に、暴竜鉄騎兵へ突撃する者がいた。渾身《こんしん》の力で振り上げた戦槌が、暴竜鉄騎兵の一人を武器ごと破砕《はさい》する。

腹の装甲が大きくひしゃげ、右の肩当《かたあて》が歪《ゆが》んだ傷だらけの大甲冑《だいかっちゅう》を纏《まと》い、半ば折れかかった戦槌と、赤黒い戦斧《せんぷ》を手にしたリカードだ。

「リカード、無事で……」

「そんなことはどうでもいい!!　行け!　グレン!!」

襲いかかる鉄騎兵に乱打を叩き込みながら、叫ぶ。護《まも》りを捨てた連打は鉄騎兵を血の中に沈めるが、そこへ別の重騎士が襲いかかる。

割って入った大盾がリカードを打ち割ろうとした戦斧を食い止めた。

「ヴィルヘルミーネがいる限り、勝ち目はありません!」

リカードを護るように盾を振るい、セリーナが叫んだ。汗と血で濡れた赤毛を振り乱し、彼女にしては荒い息を吐いた。

「行ってください!　守備隊の掩護《えんご》を!　ここは我々が!」

口々に叫び、残った重騎士たちも捨て身の攻撃をかけていく。暴竜鉄騎兵の動きが抑え込まれ、兵の中へ突入した重騎士がヴィルヘルミーネへの道を開く。

『血風姫』ヴィルヘルミーネが荒れ狂っている。彼女を止めることができなければ、サウスエンド守備隊ははほどなく壊滅《かいめつ》し、エミリーたちも続けて殲滅《せんめつ》される。ここにいる全員が死に、ラゲーネンは致命的な敗北を喫《きっ》する。

だが、ここでヴィルヘルミーネに向かえば、彼らはこの絶望的な戦況で二騎の味方を失うことになる。リカードなどは間違いなく重傷を負っていた。何より、エミリーたちとて、ヴィルヘルミーネを討ち取れるとは限らない。

……俺が……！

いきなり肩を掴《つか》み、引き寄せられた。エミリーの顔が息のかかる距離に来る。

「『血風姫』は妾《わらわ》が討つ!!　この『鉄球姫』……いや！　『鉄球王』が必ず討ち取る!!」

叫ぶとグレンの肩から手を離し、地面を蹴った。彼女を進ませるため残り、戦うセリーナや、重騎士たちを一瞥《いちべつ》もしない。

「戻るまで持ち堪《こた》えろ！　さもなくば許さん!!」

彼女の声に重騎士たちが雄叫《おたけ》びと敵への殴打《おうだ》をもって応える。

エミリーはグレンすら振り向かない。声すらもかけずに走り出す。

リカードが敵重騎士を力任せに掴み上げ、叩きつける。面頬《めんぼお》の下で、親友が「行け！」と言っているのが、声に出さずとも伝わってきた。

彼女の側面を護るセリーナはいつもと同じ冷静な眼差しをグレンに向けていた。彼女は自らエミリーの下を離れた。そして、そのことに一切後悔していないように見える。一度だけ頷《うなず》いてみせたのは、そういうことだろう。

グレンは彼女の後を追って、大地を蹴り、走り出していた。

エミリーの背に追いすがり、竜躙騎兵の防壁を抜けて、襲いかかろうとした敵兵を鎧通《よろいどお》しで貫《つらぬ》く。

◆　◆　◆

口の中がドロリとした鉄の味で満ちていた。どこからかこみ上げてきた血を飲み干し、リカードは走り去るグレンの背を見送る。

馬にやられてから何度か兜《かぶと》の中で血を吐いている。鼻を突く錆臭《さびくさ》さが、自分のものか、返り血なのか、戦場に染み込んだものなのかもわからない。

腹だけではなく、全身に受けた傷が痛む。グレンを助けようとして、ヴィルヘルミーネから受けた肩の傷は完全に開いていた。胴着は汗と血で冷たく湿っている。頑強さを重視した大甲冑《だいかっちゅう》でなければ致命傷《ちめいしょう》になった傷もあるだろう。おそらく腹の傷もその一つだ。

……いや、血を吐いてる時点でかなりまずい気がするね。

やけに冷静に考える。実際、先程から疲労が増している。血を流し過ぎているのだろう。身体が重く、武器を握る手から力が抜け始めていた。

その腕を振るい、叩きつけられた斧《おの》を払いのける。既《すで》に激しく損傷していた愛用の戦槌《せんつい》が折れた。

いくらなんでも、死因が馬に蹴《け》られたことというのはゴメンだと思う。人の恋路《こいじ》を邪魔《じゃま》する者は馬に蹴殺されろという話は聞いた気がするが、どちらかと言えば応援に徹していた自分がそんな死にざまを晒《さら》すのはおかしい。

そこまで考えて、面頬《めんぼお》の下で苦笑し、残る戦斧《せんぷ》で兵を薙《な》ぐ。武器ごと頭を両断され、敵が崩れ落ちる。

背中が何かにぶつかった。肩越しに香る血と汗と鉄の匂い。そして、戦いの中で綻《ほころ》んだ三つ編みが揺れる。セリーナだ。

彼女は先程から、エミリーを護《まも》る時のように、自分の死角を護り続けてくれている。リカードは敵の隙《すき》を突くことは得意だが、防御は苦手だ。亡霊騎士として、絶対優位な状態からの一撃必殺を旨《むね》としてきたからだろう。セリーナがいなければ、とうの昔に倒されていたはずだ。

地面に転がる重騎士の骸《むくろ》を見てそんなことを考えた。肩口から胸までを大きく陥没《かんぼつ》させたそれは、数秒ほど前までリカードの隣で戦っていた竜躪騎兵《りゅうりんきへい》の一人だ。

真横からの攻撃をセリーナの盾《たて》が弾《はじ》き、リカードが戦斧を叩《たた》き込む。暴竜鉄騎兵《ぼうりゅうてつきへい》の生き残りは、斬撃《ざんげき》を巧《たく》みに捌《さば》き、後退した。敵から奪った戦斧だが、刃こぼれが目立つ。こちらもいつ折れてもおかしくはない。

今、敵の攻撃を防いだセリーナの盾も似たようなものだ。重騎士の一撃は重い。脚力強化型あたりが相手ならともかく、腕力強化型大甲冑《だいかっちゅう》を纏《まと》う重騎士の打撃はセリーナの大盾すらも歪《ゆが》

め、断ち割る。受ける時に角度を変えることで、うまく力を逸らしているが、グレンほどの精度はない。彼女の盾は歪み割れた分厚い鉄板と化していた。

セリーナの肩が激しく上下する。消耗《しょうもう》しきった彼女の大甲冑もリカードのもの同様、大きく損壊し、返り血と土で汚れていた。動かない右腕からは止《と》め処《ど》もなく血が滴《したた》り落ちている。ここに残った竜躙騎兵の生き残りたちも似たようなものだ。ただ、輝鉄だけは赤く眩《まばゆ》く輝き続けている。

……さて。いつまでもつのか。

他人事《ひとごと》のように思いながらも、暴竜鉄騎兵がここに足止めされていることを嬉《うれ》しく思う。隙《すき》を窺《うかが》い、突破しようとした者を、リカードたちは叩き殺している。

留まった竜躙騎兵を倒さず、エミリーを追い、ヴィルヘルミーネの支援に駆けつけることができないのがわかっているのだろう。彼らもまたここで決着をつけようとしていた。

残る暴竜鉄騎兵が連携《れんけい》し、襲いかかってくる。それを凌《しの》ぎ続けることで、ヴィルヘルミーネにとって最大の戦力であり増援である者たちを、リカードたちは、足止めすることができている。

望んだ、壁の役目は果たすことができていた。

……この前のグレンみたいじゃないか。

自分がグレンの物真似《ものまね》をしているようで、やけにおかしな気分になった。

三人がかりで襲いかかる鉄騎兵の連打をセリーナと共に防ぐが、一撃を受けた仲間が倒れる。退がる敵を目掛けて放ったリカードの一撃はその腕を叩き折る。

血の匂いがする息を吐きながら、リカードは自分の装甲に刻まれた文字を見た。国から正式な許可を受けた大甲冑であることを表す登録番号だ。もともと亡霊騎士用に作られた大甲冑ではなく、廃棄《はいき》されていた番号が改めて戻されたのか、それとも、エミリーが捏造《ねつぞう》したものなのかはわからない。

ただ、こうして、グレンの壁として、日の光が当たる戦場で、全力で戦えることがなんとなく嬉しい。

リカードたちを脅威《きょうい》とみなしたのか、暴竜鉄騎兵以外の敵が増えてくる。エミリーたちの道を開くため、敵兵を薙《な》ぎ払い続けていた重騎士が崩れ落ちたのも見えた。

「セリーナちゃん、知ってるかい？」

尋ねると、彼女は視線だけで応えてきた。

「亡霊騎士の大甲冑というやつは、登録番号を持たない無番の大甲冑なんだけど。そういうのに、名前つける連中って多いんだよね」

どうしてそんなことを語っているのか、自分でもわからず、なんとなく照れた。

「願掛けなのか、格好をつけてるのか。それとも、番号のある大甲冑が羨《うらや》ましいからか」

暴竜鉄騎兵たちが、敵兵、重騎士と共に距離を詰めてくる。一斉に来るつもりだろう。

「そんな中で、『幸星《さちぼし》』って名前をつけた奴がいてね。要するに『幸運の星が味方でありますよーに！』ということだ。そんな大甲冑があれば、この状況でも元気に生き残れるだろうなあ」

何を言いたいのか、よくわからなくなってきた。口ではそんなことを言いながら、『幸星』の由来が、別のものだということを、リカードは知っている。なんとなく嘘《うそ》をついていた。

「グレン様の幸運の星……ということですね」

苦しげな息の下で、セリーナが言う。彼女は珍しく微笑していた。

「……まあ、なんだ。あえて何も言わない」

リカードも応えて、照れながら笑う。

力を振り絞り、戦斧を握る。武器を持たない右手は自分の腰に回した。

「行くか」

ポソリと呟《つぶや》くと、全力で大地を踏みしめ、暴竜鉄騎兵の中へと踏み込む。セリーナや、重騎士たちも続いていた。打ち合わせなどしていないが、誰もがエミリーや諸侯《しょこう》に選ばれた精鋭《せいえい》だ。敵の態勢が整うまで待つよりも、危険を承知で突進する方がいいことはわかっていた。

「おぉぉぉぉぉぉっ!!」

血を一筋、唇の端から流しながら咆哮《ほうこう》する。

リカードたちの勢いに押されることもなく、正確に繰り出された戦槌を、戦斧で殴り返す。斧《おの》が柄《つか》から折れた。それでもなお、リカードの腕力は敵重騎士の戦槌を弾き返していた。

のけぞった敵目掛け、さらに深く一歩を踏み込み、右の拳《こぶし》を握り締める。

「息だけは止めておけっ!!」

仲間たちの返事を待たず右拳の一撃を敵重騎士へ叩き込む。籠手《こて》が胸の装甲を曲げながら突き立ち、拳の内に握りこんでいた最後の袋が破れた。四散した目潰《めつぶ》しの粉末が、周囲の重騎士たちの視界を奪い、気管を潰す。

殴打と目潰しに怯《ひる》んだ敵の手から戦槌を奪い、頭を殴り潰した。破れた鉄の兜《かぶと》から血と、それ以外のものが散る。さらに、別の重騎士を殴り倒す。セリーナたちの攻撃がリカードの一撃で怯んだ敵を次々と打ち倒していく。

暴竜鉄騎兵のほぼ全てが死んだ。

だが、敵の数は無尽蔵《むじんぞう》だ。その倍の重騎士と、数十倍の兵が跳びかかってくる。

「グレンッ!!」

敵の波に埋もれ、既に見えない親友へ叫ぶ。

「生きて帰れるように、導いてやる!!」

戦槌を叩きつけ、拳を振り抜いた。

「なんていい友人なんだ！　僕は！」

肩を殴られ、激痛に喘《あえ》ぐ。ヴィルヘルミーネから受けた傷が嫌な音を立てた。それでも、戦槌から手を離さない。

真横でセリーナの頭が揺れた。

戦槌が彼女の兜をかすめたのだ。赤い血が散り、その膝《ひざ》が折れていく。

身を翻《ひるがえ》し、追撃を加えようとしていた敵の前に立つ。渾身《こんしん》の力で振り下ろした戦槌は敵の武器を真っ向から打ち返し、そのまま頭を胴へとめりこませた。

直後、リカードは脇腹《わきばら》に熱い痛みを感じた。兵が槍を突き出している。その先端は激しい戦いの中で、鎧《よろい》が歪《ゆが》み生じた脇腹の隙間に刺さっている。冷たい穂先が肉に埋もれていく感触が気持ち悪い。

重騎士の胴まで埋まっていた戦槌を引き抜き、勢いのまま兵を薙《な》ぎ払った。

残った力を振り絞り、胴を吹き飛ばした兵の向こうでは、既に別の重騎士が大斧を振りかぶっていた。

戦槌を握る腕の動きが鈍い。腹に食い込んだままの槍の痛みと、蓄積《ちくせき》した疲労、おそらくは出血の全てがリカードの動きに枷《かせ》をかけていた。

大斧が振り下ろされる。リカードの反応は間に合わない。

赤毛を血で染めたセリーナが倒れていくのを視界の端で見ながら、リカードは金属が切り裂かれる音を聞いた。

◆
◆
◆

ロッティが見上げる先に、男の像がある。天を振り仰《あお》ぎ、粗末な衣服に身を包んだ男を、天窓から差し込む光が明るく照らし出していた。万物《ばんぶつ》の主である神の子だと言われる御子《みこ》を象《かたど》った聖像だ。

陽光を採《と》り入れるように巧《たく》みに設計された聖堂の中で、硝子《ガラス》の天窓から降りそそぐ光が、御子の像を一際《ひときわ》強く輝かせている。王都の中庭や聖堂にあったものとは違い、金も銀も宝石も使わず、その身体《からだ》も灰色の石で作られているだけだが、聖なる日の光に輝く姿は神々《こうごう》しい。

ロッティと共に、いつものようにヘーゼルがいた。その隣にはグレンの妹アンの姿もある。ヘーゼルはいつものように、冗談めかしてここについてきてくれた。ロッティのためだと言い張っていたが、優しい彼女が、グレンやエミリー、それに誰よりもリカードのことを心配していることはロッティも気づいている。

そして、アンは兄のことを心配してここに来た。彼女には睨《にら》みつけられることも多く、初めて会った頃のエミリーのように怖いと思うこともある。しかし、アンがグレンのことを本当に心配して、そして、彼のことを知りたいと言ったことには嘘《うそ》はなかった。こうして祈りを捧《ささ》げている時間以外はずっとグレンの話をしている気がする。

御子の像の前で跪《ひざまず》き、ロッティは思い出していた。

この修道院で起きた、辛《つら》いことと、楽しいこと。エミリーとの出会いと、親友の死。そして、グレンがやってきた日のこと。

死んだ親友はこうして神に祈りを捧げたところで帰ってはこない。

神の僕《しもべ》である人の身で、奇跡を願うのはあまりにおこがましい。

それでも、ロッティは祈る。

ここにグレンたちはいた。彼らがいたから、ロッティはこうしてまだここに存在していられる。グレンもエミリーも、リカードもヘーゼルも死んではならない。

エミリーがこれまで耐えてきたこと。苦難に立ち向かってきたこと。常に人を助けるために命を懸《か》けてきたグレンのこと。彼らの行い全てを記憶から掘り起こして、神に願い、訴える。

その祈りが、人として許されない域に踏み込んでいるとすれば、彼らの命と引き換えにこの身を捧《ささ》げてもかまわない。

『妾《わらわ》の愉快《ゆかい》な玩具《おもちゃ》が、どうなってもいいなどとほざくことは許さん』

エミリーの声と、本気で怒る顔が見えた気がした。

神聖な御子の像の前にいるというのに、思わず苦笑しそうになってしまった。

本当に願うべきことは、そうではないのだと思い直す。

ロッティの本心からの願い。それは戦場から戻ってきたグレンやエミリーと、また笑い合うことだ。いつものように、エミリーに恥ずかしい嫌がらせをされたり、グレンと他愛《たわい》のない話をしたい。そのためには、自分も含めて誰一人欠けてはいけない。自己犠牲《じこぎせい》は、きっと、エミリーが許してくれない。

おそらく、ここで共に祈るヘーゼルも、アンもそう考えているだろう。

瞳《ひとみ》を閉じ、ロッティは強く願う。

全員が無事であってほしい。もう一度、みんなと会いたい。

あまりに身勝手で一方的な願いだ。神罰が下されてもおかしくないだろう。

そうだとしても、この一度だけの奇跡をかなえてほしい。

恐れることなく、ロッティは強く願った。

◆　◆　◆

エミリーは脇目もふらずに疾走《しっそう》する。

彼女が叩《たた》くのは眼前の敵のみだ。死角から近づこうとする敵も、脇《わき》を突く敵も無視する。ただ前進を阻《はば》もうとする敵だけを戦槌《せんつい》と鉄球、時には蹴《け》りを叩き込んで排除する。

全力疾走はしていない。脚力を強化していない護衛騎士《ごえいきし》がついてくることができる、ギリギリの速度を保つ。

戦場にいるというのに、エミリーはノーフォーク家での攻防を思い出していた。

あの時と同じように、エミリーの背後を護る護衛騎士がいる。

初めて出会った直後に、完膚《かんぷ》なきまでに叩き伏せたにも拘《かかわ》らず、立ち上がり、再びエミリーに挑《いど》んできた男だ。

エミリーは護衛騎士グレンに背後の全《すべ》てを任せていた。

……いつからだ？

憎いはずのノーフォーク家の三男坊を、セリーナと同じぐらいに信用するようになってしまっていた。もしかすると、それ以上の信頼と感情を彼に向けてしまっているかもしれない。

エミリーはグレンを疑わない。彼に信頼を寄せることが、懐かしい何かを思い起こさせる。

あの古い屋敷にエミリーがいた頃に感じていたものに近い。

いつもエミリーのことを大切にして、時には本気で叱《しか》りつけてくれ、最後の最後まで戦い続けてくれた老いた重騎士《じゅうきし》を思い出す。

涙ぐみそうになったので、歯を食い縛り、敵に戦槌《せんつい》を叩き込み、鉄球を投げた。

血と鉄とそれ以外のものが飛び散る中を走り抜ける。後方で護衛騎士の息吹《いぶき》が聞こえていた。

『血風姫《けっぷうき》』ヴィルヘルミーネの姿がすぐ前に見えていた。

もはや地肌の見える部分が少ないほどに、真っ赤になった大甲冑《だいかっちゅう》を纏《まと》い、双戦斧《そうせんぷ》が新たな骸《むくろ》を作り出す。眼前の敵を無造作に払いながらも、彼女はその優しい微笑みをエミリーへと向けていた。

親衛隊とでも言うのか、彼女を護るように武器を振るっていた五人の重騎士が迫るエミリーへと一斉に跳びかかってくる。その動き一つ一つが洗練されている。ヴィルヘルミーネに及ぶはずもないが、暴竜鉄騎兵に匹敵《ひってき》する精鋭だということは一瞬で読み取ることができた。

彼らの後ろ、視界の隅に金色の長い髪がなびく。この乱戦の中で、胸当てや籠手《こて》程度の軽装しか身につけず、数人の重騎士に護られた青年の姿がある。ヴィルヘルミーネと同じように、この乱戦の中で恐怖の感情と縁のない男、グレンの兄であり、憎むべき裏切り者パーシー・ジヨゼフ・ノーフォークだ。

グレンに向けて叫ぼうとしたが、やめた。パーシーを前にして彼が冷静でいられるだろうかと考えたが、愚考《ぐこう》だと思う。

護衛騎士である彼にかけるべき言葉は別にあった。

「後ろは任せるぞグレン!!　妾《わらわ》の『盾《たて》』!!」

叫び、エミリーは全力で地面を蹴り、飛翔《ひしょう》した。傷《いた》めていた兜飾《かぶとかざ》りの羽根が舞い散る。

迎撃しようと五人の重騎士が身構えたのを見たが、エミリーは護らず振り向きもしない。

グレンが応《こた》える声は聞こえなかった。代わりに、鋼鉄の衝突音、擦過音《さっかおん》がいくつも響く。

エミリーへの追撃は皆無《かいむ》だ。

もはや、エミリーの目はヴィルヘルミーネしか見ていない。

「来たぞ！　ミーネちゃん！　飼われる準備はできているか！」

隙を突こうとしたラゲーネンの兵を一瞥《いちべつ》もせずに叩き伏せながら、ヴィルヘルミーネが馬上から舞い降りる。鎖《くさり》で編まれたはずのスカート状の鎧が、驚くほど優雅に翻《ひるがえ》った。

「お待ちしておりました。わたくしたちの決着をつけるのに、相応《ふさわ》しい舞台ですね。『鉄球姫《てっきゅうき》』エミリー様」

ふわりと舞うような足取りながら、ヴィルヘルミーネは突進するエミリーへと双戦斧を振りかざして、一気に距離を詰めてくる。

「阿呆《あほう》め！　もはや『鉄球姫』ではない！」

対して、エミリーは鉄球を振り回しながら、横へ走り、距離を取る。その唇《くちびる》が不敵な笑みを形作っていた。

「妾はラゲーネン国王エミリー・ガストン・ラングリッジ!!」

鎖を握る手を全力で振り下ろす。

「『鉄球王』エミリーだ!! 公爵風情《こうしやくふぜい》が頭《ず》が高い!!」

勢いをつけた鉄球が空を裂《さ》く重々しい音を響かせて飛ぶ。

「辺境の小国が相手といえども、敬《うやま》いましょう。歓迎しましょう」

ヴィルヘルミーネの双戦斧が血の色に鈍く光る。

「わたくしの……『血風姫』ヴィルヘルミーネの全てをもって!!」

◆　◆　◆

グレンはただひたすらエミリーの後に続いて走る。

そして、その障害を取り除いていく。短槍《たんそう》で貫《つらぬ》き、鎧通《よろいどお》しを閃《ひらめ》かせ、拳《こぶし》を振るって彼女に襲いかかる全《すべ》てを払いのけていく。

大事な者たち全てを護《まも》りたいと思った。その気持ちはエミリーもグレンも変わらない。

彼女の願いをかなえるために、リカードとセリーナが踏ん張っている。いまだ空を飛び回るエルネストの黒い影が見える。

彼らがいるから、グレンはここまで来ることができた。全てを護り、誰一人死なせたくない。

そのために、エミリーを護る。

かつて憧《あこが》れた『鉄球姫《てつきゆうき》』は既《すで》にいない。グレンの前を走っていくのは、傲慢《ごうまん》でがさつで、暇《ひま》があればいやらしいことばかりしている女だ。徹底的に姫教育を施《ほどこ》さなければ、この国はダメになってしまうと、そこまで考えたこともある。事実、姫教育改め、女王教育は絶対にすると、決意している。

そのはずが、そういうものを全て含めてのエミリーだと思っている自分にも気づいていた。そんな彼女でなくてはいけないとも考えてしまっていた。

……いつからだ？

問いかけるが、答えが返るわけもない。そもそも、今考えるべきことでも、やるべきことでもない。

「任せるぞグレン!!　妾《わらわ》の『盾《たて》』!!」

一方的に言い切り、エミリーが跳躍《ちょうやく》した。

彼女はグレンを振り向きもしない。グレンが彼女を護ることは当たり前だとでもいうような態度だが、それでこそエミリーだ。彼女の護衛騎士《ごえいきし》であるグレンには、それに応える義務もあり、意思もある。

そして、『盾』だと言われたことは、本当に嬉《うれ》しかった。ここが戦場でなければ、思わず嬉し泣きでもして、エミリーに罵倒《ばとう》されていただろう。

エミリーは最初からヴィルヘルミーネ以外の敵を見ていない。『血風姫《けっぷうき》』を挑発し、叫ぶエミリーを止めるべく襲いかかる五人の重騎士たちがいる。

グレンはそこへ突っ込んだ。

迎撃のために標的を変じ、自分へ向けられた鉄槌《てっつい》を軽く受け流す。そして、いまだ空中にあるエミリーを狙《ねら》う敵を見切り、槍《やり》で貫く。鉄槌を受け流され、体勢を崩した重騎士の喉《のど》を逆手の鎧通しで刺し、槍を手放し自由になった手で、脇から襲いかかろうとしていた別の重騎士の急所を抉《えぐ》った。

一瞬の攻防の後、突き刺さったままの槍を引き抜けば、三人の重騎士が同時に崩れ落ちた。

グレン自身、信じられない動きをしていた。全身の輝《き》鉄《てつ》が赤々と輝いている。大甲冑《だいかっちゅう》が自分の能力をいつも以上に引き上げているのは確かだが、一瞬前に繰り出した自分の動きを、見たことがある気がした。

護衛騎士を目指すことを決意したあの時、王宮の庭で確かに見た。複数の重騎士を、槍ひとつを用い、一瞬で打《う》ち据《す》えた老騎士の動きが自分の動きと重なるように思う。

……マティアス様……！

血濡れの槍に添えた手に『盾』の異名《いみょう》で呼ばれた老騎士の掌《てのひら》が重なるように思えた。ほんの数日の邂逅《かいこう》が自分を変え、そして、今、グレンはここにいる。

グレンの槍が鋭く宙を走り、重騎士の喉《のど》から血が噴き出る。鎧通しで腕の関節を斬り裂かれた別の重騎士が武器を取り落とし、隙を打つべく接近した敵兵が蹴り倒されて地面に転げた。

「グレン！」

唐突に聞き覚えのある声が聞こえた。

戦場の中に、見慣れた男がいた。数人の護衛騎士に護られながら、兄パーシーの姿が馬上にあった。父と兄と、ガスパールを殺し、ラゲーネンを裏切った男が手の届くところにいる。

「兄上！　何故、戦場に残っている！」

パーシーは文官だ。戦う術《すべ》を持たず、現に今も満足な武装などしていない。ここにいる必要などないはずだ。

「ヴィルヘルミーネ様の……私が選んだヴィルヘルミーネ様の勝利をこの目にするためだ」

グレンは走った。パーシーを目指しはしない。ヴィルヘルミーネへ向かう、エミリーを狙う敵を見抜き、それらを次々と討ち取る。

「君はよくやったよ。グレン。エミリーも僕が思っていた以上に、よく戦った。あんな馬鹿げた方法で戦況を打開するとは思わなかった」

パーシーの声を聞きながら、グレンは槍を振るい、投擲具《とうてきぐ》を投げる。

「だけど、それもここまでだ。エミリーはヴィルヘルミーネ様に勝てない」

エミリーとヴィルヘルミーネが距離を詰める。輝鉄の光をしぶかせて、その間合いをあけながらエミリーが鉄球を投じた。

「君が知るのは己の間違い。見るのは、ヴィルヘルミーネ様の勝利だよ」

グレンは鉄がぶつかり合い、切断される音を聞いた。

◆

◆

◆

鉄球に繋《つな》げられた鎖《くさり》が易々《やすやす》と切断されていた。

エミリーは目を見張る。

鉄球はまっすぐに投げたわけではない。ヴィルヘルミーネの迎撃をすり抜けるべく、鎖を揺らしていつも以上に軌道をぶらしたはずだった。

その鎖を、ヴィルヘルミーネの双戦斧《そうせんぷ》はあっさりと切断した。豪快に振り回しているようでいて、彼女の動きには一切のブレもムダもない。

舌打ちし、せめて距離を空《あ》けるべく動こうとする。接近戦での技量も力も、確実にヴィルヘルミーネが勝るということは、先日の戦いで理解していた。

「エミリー様の策、素晴らしかったですよ」

鎖を切断した双戦斧がそのまま地面に叩き込まれた。距離をとろうとしたエミリーに向かい、ヴィルヘルミーネが大きく跳ねた。脚力強化型大甲冑《だいかっちゅう》を纏《まと》うエミリーよりも、その速度は速い。

叩きつけた双戦斧を支点として跳んだのだ。グレンから聞いたエルネストの戦いや、以前、エミリーが戦った突撃槍使《やりつか》いの亡霊騎士に近い技だが、より動きは洗練されている。何よりも、空中で回転させた双戦斧には一切隙がない。

「河岸要塞《かがんようさい》を用いたあれは、正直、策とは言いがたい、無茶苦茶な攻撃でした。だからこそ、わたくしも予測できず、軍を崩されることになったのです」

双戦斧を振り回しながら落下してくるヴィルヘルミーネに向けて、鉄球を失った鎖を投じる。

しかし、牽制《けんせい》にもならない。彼女はわずかに身を反《そ》らしただけでよけると、そのまま双戦斧を打ち下ろしてきた。

とっさに跳び退く。一瞬前までエミリーがいた場所に金色の髪がひと房舞っていた。

また、双戦斧の破壊力を機動力へと変えて、ヴィルヘルミーネが迫る。彼女の間合いからエミリーは逃れることができない。

風を切って追い討つ刃《やいば》が、防ごうとした戦槌を叩き斬った。切断されたのは柄ではなく、先端に備えた打撃部位だ。金属の塊《かたまり》すら、肉と同じように斬って捨てるあまりの威力に愕然《がくぜん》とする。

鉄塊《てっかい》を切断した刃が顔のすぐ前をかすめた。鋭い擦過音《さっかおん》と共に、面頬《めんぽお》が引き剝《は》がされて飛んだ。

短距離であればヴィルヘルミーネが速いのは目に見えていた。退がり続けても勝機《しょうき》はない。

……ならば！

エミリーは地面を蹴《け》り、あえて前に踏み込む。双戦斧の回転は速く、隙はほとんどない。それでも、間合いの内に飛び込んだものを叩き斬ることはできない。鉄球を失い、戦槌を壊されても、エミリーの蹴りは一撃で大甲冑を砕く。装飾過剰《そうしょくかじょう》で装甲の薄いヴィルヘルミーネの大甲冑如《ごと》き、打ち砕けないわけがない。

瞬時に、蹴りの間合いに飛び込み、踏み出した左足を軸として、蹴りを放とうとする。

その時、既にエミリーの眼前にはヴィルヘルミーネの拳《こぶし》が突き出されていた。

……こいつ、動きを読んでっ!?

エミリーが前に出る前に、彼女は双戦斧から右手を離していた。

繰り出された腕力強化の拳打は、直撃すれば、エミリーの頭を砕く。

とっさに腕を交差し、顔を庇《かば》った。

凄《すさ》まじい衝撃が両腕を襲う。腕を覆う鉄の装甲が歪《ゆが》み、そして、右腕の中で何か砕ける音がした。

「あ、ぐおっ!?」

そのまま振り抜かれた拳に、エミリーの身体は面白いように吹き飛ばされた。

転がり叩きつけられるたび、右腕に尋常《じんじょう》ではない激痛が走る。絶叫を上げそうになるところを、歯を食い縛《しば》って耐え、残った左の腕で無理矢理身体を地面から引き剝がす。

だが、立ち上がろうとしたところで、膝が落ちた。

苦痛に顔が歪み、嫌な汗が髪を額《ひたい》に貼りつかせる。

幸いにもヴィルヘルミーネとの距離が開いていた。とはいえ、彼女にとって跳躍《ちょうやく》の二つもあれば軽々と詰められる距離だ。

エミリーの右腕は完全に折れていた。鉄の籠手《こて》がひしゃげ、その下で肘《ひじ》より先が妙な形で捻《ねじ》れている。低いうめきが漏《も》れるのを抑《おさ》えることができない。

ヴィルヘルミーネが双戦斧を再び大きく振りかぶる。

「わたくしと正面から打ち合って、これだけの時間生き長らえることができるなんて……。さすがはエミリー様です」

褒《ほ》めているというよりも、戦いの終わりを告げているように聞こえた。

あの双戦斧が振り下ろされれば、ヴィルヘルミーネは一瞬で間合いを詰める。右腕が使えず、衝撃に立ち上がることもままならない自分がそれを凌《しの》ぎきることなど、絶対に不可能だ。

辛《かろ》うじて動かすことができる左手で予備の戦槌を抜く。だが、それはヴィルヘルミーネという敵の前では、あまりに弱々しく、頼りない。

◆

◆

◆

「エミリーは甘い」

一斉《いっせい》に襲いかかる敵の攻撃をかわし、叩《たた》きつけられた戦槌《せんつい》を小型盾《たて》で押しのけながら、パーシーの声を聞く。グレンが受け流した戦槌は後方の敵にぶつかり、その攻撃を止めた。その隙《すき》に鎧通《よろいどお》しが別の敵を仕留める。

「エミリーは一を救おうとして、失敗し、残りの九を殺す」

エミリーがヴィルヘルミーネに追い詰められていることは、見るまでもなくわかっていた。

「ヴィルヘルミーネ様は違う。全ての判断を合理的に下す。九を生かし、一を殺すことに一切、躊躇《ためら》うことがない」

ヴィルヘルミーネの動きは異常だ。一切のムダがなく、なおかつ、エミリーが唯一《ゆいいつ》勝るはずの機動力ですら凌駕《りょうが》している。

先程からエミリーは後退を強《し》いられていた。

「今もエミリーはヴィルヘルミーネ様と戦うことで、それを証明している。全てを救おうとして全てを失おうとしている。気づいているのだろう？　グレン」

金属音が鳴り響いた。ヴィルヘルミーネの攻撃がエミリーに届いたのだ。

「どちらが間違っているかは明白だろ」

エミリーがうめくのが聞こえた。確実に追い込まれている。

「エミリーは力ですら、ヴィルヘルミーネ様には勝てない」

それでも、グレンは彼女に近づこうとする者たちと戦うのをやめない。最短の距離を走り、ムダのない動きで敵を討《う》つ。徐々に自分の体力の限界が近づいていることもわかっていた。元々、持久力は低い。ここまで来れたのは、動きのムダをなくし、体力の消耗《しょうもう》を最低限に抑えてきたからだ。

それでも、もう数分で力尽きるのは目に見えていた。息からは血の匂《にお》いがする。身体《からだ》は熱く重く、汗で湿った胴着が全身に絡《から》みついてくる。

「これが最後だよ。グレン。武器を置き、降伏《こうふく》するんだ。そうすれば、私たちは……」

「断る！」

パーシーの言葉を遮《さえぎ》り、きっぱりと言い切った。

敵を殴《なぐ》りながら、グレンは兄が不快感を露《あらわ》にしたのを見た。先刻からパーシーが言っていることはある意味で全て正しい。エミリーがこれまで失敗を繰り返してきたのは確かだ。今、ヴィルヘルミーネを相手に圧倒的に不利な戦いを繰り広げていることも間違いない。

「グレン。君は……」

「兄上とヴィルヘルミーネのやり方は、確かに多くの人を救う」

鈍《にぶ》い音が鳴り、エミリーが苦痛の声を上げた。骨が砕けた音をグレンは確かに聞いた。

「だけど、兄上たちのやり方は、そこに切り捨てられるものを生む。兄上は、ヴィルヘルミーネは！　俺たちを誘《おび》き出すためだけに、戦《いくさ》とは関係のない村を焼いた！」

エミリーの骨が砕ける音を聞いても、グレンは戦いをやめない。彼の行動は変わらず、エミリーに近づく全ての敵を倒し続ける。槍の穂先が欠け、鎧通しがたび重なる刺突《しとつ》に耐え切れず、折れる。二つ吊《つ》るしていた投擲具《とうてきぐ》は既に投げてしまっていた。

「兄上とヴィルヘルミーネは目的のために人を殺すことを躊躇《ためら》わない。それが許せない！　ガスパール様も、父上も兄上も……！　他にも死ななくていい者は多かった！　いや、死んでいい者などいなかった！　ノーフォーク軍も半島軍も誰一人死ぬ必要はなかったはずだ！」

「君は父上を憎んでいたはずだ。半島軍と戦ったのは君だ！　今更何を言う。君も私たちと変わらないはずだ！」

「違う！　俺はもうそんなこと望んでいない。ラゲーネンは一つにまとまることができる。父上への怒りはまだ消えない。だけど、変えることはできたはずだ！　いや、俺が……俺とエミリー様が変えた！　これからも全てを変えていく！　それが俺たちのやり方だ！　そのために、ヴェルンストはここで止めてみせる!!」

パーシーの秀麗《しゅうれい》な顔が苛立《いらだ》ちに歪《ゆが》む。

「不可能だよ。グレン。エミリーは死に、ラゲーネンは滅びる。いい加減、現実を見据《みす》えろ！」

エミリーが地面を転がっていく。利き腕である右腕が妙な方向に捻《ねじ》れていた。

パーシーが勝ち誇った笑みを浮かべる。

土と血にまみれた大甲冑《だいかっちゅう》を引《ひ》き摺《ず》りながら、エミリーが起き上がった。彼女が握る武器は唯一、予備の戦槌のみだ。

「そこで殺されながら、エミリーの死を見届けるといい！　お別れだ弟よ。君には期待していたんだ！」

パーシーが腕を振り上げ、彼を守護していた重騎士たちがグレンへ殺到する。

「エミリーは負ける！　ヴィルヘルミーネ様に負けて、死ぬ！」

襲いかかる敵は正面の重騎士だけではない。『蹂躙槌《じゅうりんつい》』がいくつも転がり、討ち損じていた重騎士たちが四方から躍りかかる。

今までのようにエミリーを狙《ねら》う攻撃ではない。全ての攻撃はグレン一人を仕留めるために繰り出されている。

『盾《たて》』としての役割は果たしていた。

だが、満足して死ぬわけにはいかない。それはエミリーに強く禁じられていた。

グレンは死なず、エミリーは戦いに勝つ。リカードたちと共に、ロッティやアンのもとへと帰る。

「エミリー様は負けない！　俺の知る『鉄球姫《てっきゅうき》』が負けるはずがない!!」

最初の敵を武器を交差させながらの反撃で仕留めて叫ぶ。

うずくまるエミリーと視線が通う。彼女の顔は苦痛に歪んでいた。腕を折られ、立ち上がることができないほどの激痛に全身を苛《さいな》まれているのだろう。今にも心が折れてしまいそうなほどに悲痛な表情が見える。感情によって増幅されるはずの輝鉄の輝きも明滅して見えた。

双戦斧の回る音が聞こえた。ヴィルヘルミーネがエミリーへ向かう。

それでも、グレンはエミリーを信じている。

エミリーが負けるわけはない。負けてはいけない。

彼女はこれまで多くの大切なものを亡くしてきた。力が及ばず、失って、嘆いてきた。

だからこそ、彼女は絶対に負けない。

エミリーの手から戦槌が落ちるのを見た。


グレンはエミリーを信じている。

◆　◆　◆

ヴィルヘルミーネは強過ぎる。勝つ術《すべ》が見つからない。

エミリーの心は押し潰《つぶ》され、へし折られようとしていた。

グレンを救った戦いでも、彼女と互角に戦えたわけではない。不意を討つ攻撃で武器を落とさせたに過ぎなかった。あそこでそのまま戦い続ければ、敗北したのは自分かもしれないとは考えていた。

それでも、ここまで圧倒的な力の差があるとは思ってもみなかった。

膂力《りょりょく》はもとより、唯一《ゆいいつ》勝るはずの機動力でも敵《かな》わない。攻撃は全てが見切られている。

激戦を潜《くぐ》り抜けてきたことで、体力は既に限界に達し、その上、エミリーの利《き》き腕《うで》は折れている。

今まさに双戦斧を振りかざし、跳びかかろうとしているヴィルヘルミーネは呼吸の一つも乱してはいない。

……勝てるはずがない！

胸の中で膨《ふく》らみ、のしかかるものが何であるのか、気づいてしまった。それは、エミリーではヴィルヘルミーネには絶対に勝てないという絶望だ。

エミリーは負けて死に、後方から襲撃をかけたサウスエンド守備隊もヴィルヘルミーネたちに皆殺しにされる。残されたラゲーネン王国軍は壊滅《かいめつ》するだろう。

痛みと疲れが一度に肩に覆《おお》いかぶさってくる。どちらにしても、勝てないのだから、これ以上、無理をすることはない。そんな誘惑にかられ、手から握り締めた戦槌《せんつい》が落ちそうになっていた。

しかし、迫るヴィルヘルミーネの向こうに大勢の敵を相手に戦う少年がいる。

……グレン。

心の中で彼の名を呼んだ。彼はエミリーが敗《やぶ》れ去ろうとしていても戦いをやめない。エミリーに駆け寄るわけではなく、ヴィルヘルミーネと戦う彼女を襲おうとする者を全て討ち倒している。

エミリーの背が大きく一度震えた。

グレンの動きは、これまで見てきた彼のものとは違って見えた。先刻も、一度見ていたはずの動きだ。

多数の敵を相手に、一歩も引かず、敵の攻撃を読みきり、力を受け流し、最小の動きのみで敵を仕留めていく。同時に二人を倒し、続けてさらに別の敵を貫《つらぬ》く。

……マティアスじゃないか。あれはまるで。

その動きにかつて自分を護《まも》り抜いて死んだ老騎士の姿が重なる。だが、重なって初めて、グレンとマティアスの動きが違うことにも気づく。

あれはあくまでグレンだ。そこにいるのはエミリーを護ろうと死力を尽くす一人の護衛騎士だ。

……グレン……。妾《わらわ》の『盾』。

戦うグレンと視線が通う。満身創痍《まんしんそうい》のエミリーを見ても、彼は動きを止めない。

面頬《めんぽお》の下に確かに見えたその瞳《ひとみ》には激励も、嘆《なげ》きもなかった。何も変わらず、自分の役割を果たし続けている彼の視線に宿るものが何であるか理解した時、エミリーの身体から重さがはね除けられた。

彼はエミリーを信じているだけだ。だから、ああして戦い続けている。

自分を信じてくれたのは、彼だけではない。『鉄球王』にこの戦いの全てを託してくれた、ベレスフォード公やジェファーソン伯たち、ラゲーネンの諸侯《しょこう》。ヴィルヘルミーネへの道を開いたセリーナやリカード、竜躅騎兵《りゅうりんきへい》。そして、失われた多くの者たち。

折れた右腕が何かに当たった。鈍痛《どんつう》を覚えつつも、それがここにあることに奇跡すら感じた。

エミリーは左手に握り締めていた戦槌を手放す。

負けられるはずがなかった。このままヴィルヘルミーネに屈するなど、できるはずもない。

「この……『鉄球王』が……！」

その唇《くちびる》に不敵な笑みを取り戻し、一気に立ち上がる。明滅《めいめつ》していた輝鉄《きてつ》が光を取り戻し、胸の大鳥が真紅《しんく》の翼を羽ばたかせる。

ヴィルヘルミーネはすぐそこにいた。地面に叩きつけた双戦斧で己《おのれ》の身を加速させ、大上段に振りかぶりまっすぐに突っ込んでくる。

エミリーの左腕が振りかぶられる。彼女は落とした戦槌の代わりに、鎖を握り締めてた。今、左腕に触れたものは、ヴィルヘルミーネによって鎖を切断された鉄球だ。それを握り締め、渾《こん》身《しん》の力で振り回して投じる。使い慣れた鉄球は利き腕でなくとも、その狙いを過《あやま》ちはしない。

「負けられるかあぁぁぁっ!!」

鉄球はまっすぐにヴィルヘルミーネへ向かう。

だが、彼女はほんの少し身を反《そ》らしただけの動きでそれを回避した。

「ありがとうございました。エミリー様」

別れの挨拶《あいさつ》を告げ、ヴィルヘルミーネが双戦斧を回す。

◆　◆　◆

最初の一人を仕留めたところで敵は止まらない。グレン目掛け、四方八方から武器が突き込まれた。

「世迷言《よまいごと》だよ。グレン。君の言ったことは全て」

パーシーの嘲笑《ちょうしょう》を浴びながらも、グレンはあえて前に出た。正面の敵を突破することで、全方位から攻撃されることを防ぐ。それでも、凄《すさ》まじい数の殺意がグレン一人に集中されていることに変わりはない。

叩《たた》きつけられる戦槌《せんつい》を、胴を薙《な》いでくる大斧《たいふ》を、突き込まれた槍《やり》を、全て最小の動きでかわし、防ぎ、前へ出る。鎖帷子《くさりかたびら》が引っかけられてちぎれ、兜《かぶと》に残っていた角飾《つのかざ》りの一つが消し飛ぶ。全身の装甲《そうこう》が武器にかすめられ、悲鳴を上げる。

だが、倒れたのは敵重騎士だった。三人の重騎士が瞬《また》く間《ま》に倒れ、さらに二人の兵が兜を歪《ゆが》ませて昏倒《こんとう》する。

疾走《しっそう》するグレンに触れた者が次々と打ち倒されていく。

「その数を……!?」

パーシーの声が驚愕《きょうがく》に満ちていた。

「俺が言っているだけなら……確かに全部世迷言だ」

荒い呼吸を振り絞り、叫んだ。

「だけど、今、ラゲーネン王国は一つになっている。諸侯《しょこう》の協力がなければ、あの奇襲も成功しなかった！」

今もヴェルンストの大軍と懸命《けんめい》に戦い続ける諸侯たちを思う。ベレスフォード公爵《こうしゃく》、ジェファーソン伯爵《はくしゃく》を始めとした諸侯の軍がヴェルンストの攻撃を支え続けてくれたからこそ、竜躪《りゅうりん》騎兵《きへい》は奇襲を成功させることができた。

「リカードやセリーナさんがいなければ、俺もエミリー様もここまで来れなかった！」

もうリカードたちの姿は見えない。空を跳び回っていたエルネストすら視界に入らない。彼らが身を挺《てい》して、暴龍鉄騎兵《ぼうりゅうてっきへい》を食い止めたから、エミリーはヴィルヘルミーネと渡り合うことができた。

「それに……。兄上が切り捨てた人たちが存在しなかったとしたら……。俺もエミリー様も生き残ることはできなかった！」

エミリーの命を救うために散っていったマティアスたち。少しずつわかり合うことができたかもしれない父、ジョゼフ。エミリーを敬愛していた優しい幼王、ガスパール。ヴィルヘルミーネとの戦いの中で、愚《おろ》かなグレンを庇《かば》って死んだライオネル。

時に衝突し、敵対し、恨《うら》むことすらもあったが、彼らの存在がなければ、グレンはここにいない。おそらく、エミリーも違う道を歩んでいる。

迫る敵の動きが先程から恐ろしく緩慢《かんまん》に見えた。

精鋭《せいえい》なのだろうが、そのどれもが、これまで戦ってきた者たちよりも遅い。

マティアスから受けた教えを思い出す。膂力《りょりょく》を頼みに攻め寄せる敵も、その力を受け流せば、無力化することは容易《たやす》い。

叩《たた》きつけられた斧《おの》は少し横に押してやるだけで勝手に逸《そ》れてくれた。

初めて出会った時、エミリーとは初対面から大甲冑《だいかっちゅう》を纏《まと》っての戦いになった。エミリーの命を狙《ねら》うリカードとは、苦痛と困惑の中で衝突した。

牽制《けんせい》を繰り出す敵や、妙な武器を使う敵は多いが、エミリーの鉄球や、リカードのよくわからない牽制ほど、翻弄《ほんろう》される攻撃は見たことがない。

身体《からだ》を回し、時間差をつけて繰り出された連接棍《こん》の一撃も見切ることは容易《たやす》く、グレンの甲冑をかすめて嫌な音を立てただけだ。

『狼』と呼ばれた亡霊騎士のように的確な連携《れんけい》を繰り出してくる敵もまたこの戦場にはいない。

左右から同時に突きかかられた。だから、それをよけながら、互いにぶつかるように仕向ける。二人の兵の槍が絡《から》まり、折れて砕けた。

ライオネルのように力強い敵もいない。当然だが、ヴィルヘルミーネを超える者もいない。これまでの戦いも、教えも、全てがグレンの糧《かて》となっている。ここにいる敵たちに、グレンが負ける道理などなかった。

「皆が望みをかなえるために必死に戦っている！　一つになったラゲーネン王国が、エミリー様に束ねられた皆が、それを切り捨てようとした兄上に負けるわけがない!!」

全身の輝鉄《きてつ》が眩《まばゆ》い輝きを放つ。敵の重騎士たちがたじろいでいた。

「なんなんだ、貴様は！」

「ラゲーネン王国の『盾《たて》』……。まさか、お前……！」

そこへ迷いなく踏み込む。

「俺たちが、エミリー様が、ただ一人でしか戦おうとしないヴィルヘルミーネに負けるはずがない!!　俺たちが絶対に負けさせはしない!!」

グレンの前に立つ者が次々と倒れていく。兵の中には武器を捨てて逃げようとする者すらいた。

「俺はエミリー様と……この国と共にある！　『鉄球王』を護《まも》る『盾』グレン・ジョゼフ・ノーフォークだっ!!」

血煙の中、咆哮《ほうこう》を上げる。

「だが、『盾』は砕ける！」

背後から上がる声と、叩き込まれようとする戦槌《せんつい》の圧力を振り向くことなく感じる。

敵を察しながらも、グレンは応じることができない。

いかに敵の動きを読みきり、最善の反撃で仕留めていこうとも、自分の身体が既《すで》に限界を越えていることは、グレン自身が承知していた。腕は鉛《なまり》のように重く、足も一瞬でも油断すればもつれ、膝《ひざ》から崩れ落ちるだろう。

グレンは後ろを振り向かない。戦槌がその背中を叩き壊そうと来る。

その時、グレンは眼前に飛来した鉄球を目撃した。その存在に気づいていた。

いくつもの無骨《ぶこつ》な刺《とげ》が取り付けられた人の頭ほどもある鉄の塊《かたまり》を、見忘れるわけがない。ちぎれた鎖《くさり》をなびかせながら飛んできた鉄球の向こうにエミリーを見た。苦し紛《まぎ》れとも言える鉄球の一撃を外し、今まさにヴィルヘルミーネの戦斧《せんぷ》を叩き込まれようとしている彼女だが、その目は死んでいない。澄んだ青い瞳に輝鉄の輝きが宿り、炎のように燃えていた。品はないが、自信に満ちた笑顔には曇《くも》りがない。

それだけで彼女が理解できた。自分が彼女の望むとおりに、彼女が自分の望んだとおりに動いていることに気づく。

理由などはない。あえて、言葉にするならば、激しい戦いの中で、グレンはエミリーを見ていた。彼女もまたグレンを視界に入れていた。それが原因だと言うことはできるだろう。

穂先が欠けた槍《やり》を無造作《むぞうさ》に突き出す。その先端は鉄球に繫《つな》がる鎖の間を正確に突き通していた。

グレンは背後を振り向くことなく、わずかに身体を逸《そ》らして鉄球をかわす。刺が鎧《よろい》の表面を撫《な》で、火花を散らして飛ぶ。

鉄がひしゃげる鈍《にぶ》い音が響いた。

背後からグレンを狙っていた敵重騎士が振り下ろせぬ武器を手にのけぞっていた。その面頰《めんぽお》を鉄球が潰《つぶ》している。

「こんな……!?」

残る力を振り絞り、グレンが身体を回転させる、膝《ひざ》が悲鳴を上げ、倒れようとする身体を無理矢理に制御しながら、鎖を穂先で絡《から》めた鉄球を振り回し、重騎士の顔面を打ち据えてなお勢いを残した鉄球をさらに加速させて投じる。

その動作を繰り出しながら、最後に残された鎧通しで顔を潰された敵の喉笛《のどぶえ》を貫き通す。

返り血に染め上げられながらも、グレンは声の限り、絶叫した。

「エミリーッ!!」

◆
◆
◆

「おうよっ!!」

グレンの叫びに応《こた》え、エミリーはヴィルヘルミーネ目掛け、突進する。

ヴィルヘルミーネの後方から鉄球が戻ってくる。エミリーが投じ、グレンを救いながら、加速させられたそれはヴィルヘルミーネが斧《おの》を振るよりも速く彼女の背中を打つはずだ。

ヴィルヘルミーネの動きが変わる。双戦斧《そうせんぷ》の動きが鈍《にぶ》っていた。だが、それは彼女の惑いから来るものではなく、背後から来る鉄球を振り向かずに受け止めるための動きだ。

渾身《こんしん》の力で回し蹴りを繰り出す。脚部に刻み込まれた輝鉄《きてつ》が雄々《おお》しく輝き、赤い軌跡《きせき》を宙に描く。鋼《はがね》の蹴《け》りが叩き込まれのは、鉄球を受けようとする双戦斧だ。

だが、渾身の蹴りを、ヴィルヘルミーネは双戦斧から離した片腕で受け止めていた。彼女の右腕がミシリと音を立てるも、動きは殺される。

エミリーの顔から笑みは消えていない。

「止められるわけないだろうがっ!! 阿呆《あほう》め!!」

牙《きば》を剝《む》き叫び、受けられた足を軸に無理矢理に身体を捻り、回す。逆の足が彼女の双戦斧を蹴り動かした。

無理な姿勢から繰り出した蹴りは、大甲冑《だいかっちゅう》によって強化されたといえども、双戦斧をわずかに動かすことしかできなかった。それほどまでに、ヴィルヘルミーネの力は強く、片手で握っていたにも拘《かかわ》らず武器を手放しもしない。

「……!?」

ヴィルヘルミーネが息を吞む。

彼我《ひが》の実力差を読みきり、行動のムダを全て排除しているからこそ生じる彼女の隙を突くことができるこの一撃に、エミリーは賭《か》けていた。

鉄球を外したことも、蹴りを止められたことも、計算の上の行動ではない。だが、グレンと視線が通った瞬間、ここまでの動きが見えた。一人では成しえない一撃を放つことができると、確信していた。

迷いはなかった。

鉄と鉄の激しい衝突音が響き、骨が砕ける音が確かに聞こえた。

グレンによって加速され、投げ戻された鉄球はヴィルヘルミーネの背中の装甲《そうこう》を打《う》ち据《す》え、鋼鉄に護られた肉体をも打ち砕いていた。

無理な体勢から蹴りを繰り出したエミリーは地面に転げたが、ヴィルヘルミーネはよろめき、追撃することができない。

地面を蹴《け》って、起き上がり、すぐさまもう一撃蹴りを繰り出す。狙ったのは双戦斧を握る手だ。

脚力を活《い》かしきることができる、完全な姿勢から、大甲冑を叩き割る蹴りが彼女の手首を襲う。今度こそ、ヴィルヘルミーネは防ぐことができなかった。

エミリーの蹴りがヴィルヘルミーネの籠手《こて》に食い込む。彼女の手首から先がありえない方向へ捻《ね》じ曲がり、双戦斧が跳ね飛ばされた。

「あ、あぁぁ……!?」

笑みを絶やさなかった顔が激痛に歪み、苦痛の声が漏《も》れる。

「終わりだっ!!」

全身を振り回し、エミリーはもう一撃蹴りを叩き込む。

ヴィルヘルミーネが歯を食い縛り、目を見開く。

「……まだですっ!!」

叩き込まれた蹴りに対し、ヴィルヘルミーネが拳《こぶし》を振るう。受け止めようとしたのではなく、叩き潰しにきていた。

エミリーの右足とヴィルヘルミーネの左拳が真っ向から衝突する。互いの大甲冑が輝鉄の輝きに赤く染め上げられる。

鉄の脛《すねあ》当てに拳がめり込み、蹴りが弾き返された。

吹き飛び、エミリーが転げる。

「が……ぐぅうっ」

苦痛の声は抑《おさ》えたが、エミリーは立つことができなかった。彼女の右足は折れている。

だが、打ち勝ったはずのヴィルヘルミーネもよろめき、後ずさっていた。蹴りを殴り返した左掌全ての指が折れていた。

「う、うぅぅ……あぁ！　あぁぁぁっ！」

ヴィルヘルミーネは悲鳴を上げた。傷を押さえようにも、彼女の右手は手首が砕かれて動かない。

エミリーは立ち上がれずにうめく。傷は彼女の方が深い。右足の骨が砕けている。無理矢理動かすと、痛みが遅れて襲いかかってくるようだった。意識が遠のき、視界が歪《ゆが》む。

「エミリーッ!!」

そこにグレンの声が聞こえた。見るだけで、彼が体力的限界を迎えていることがわかる。穂先が欠けた槍《やり》は下がり、足を引き摺るようにしている。まだ彼の周囲には多くの敵兵がいる。いつまで持ち堪《こた》えることができるかもわからない。

だが、彼の視線はまだエミリーから逸《そ》らされてはいない。

黒い双眸《そうぼう》は光を失ってはいなかった。

薄れかけていた意識が呼び戻される。歯を食い縛り、見たものを噛《か》み殺すような獰猛《どうもう》な笑みを無理矢理に浮かべ、まだ動く左手で転がったままの鉄球の鎖《くさり》を摑《つか》む。

鎖を握る左腕で身を起こし、まだ動く左の足だけで強引に前へ跳んだ。

痛みにうめきながらも、ヴィルヘルミーネは迎撃しようと足を引く。しかし、それよりもエミリーが一瞬早い。

使い慣れた鎖を摑み、既に大きく振りかぶっていたそれを、残る力を振り絞って叩きつけた。

面頬《めんぽお》が砕けて飛んだ。顔面に鉄球を受けたヴィルヘルミーネの身体が地面に叩きつけられて跳ねる。

「ヴィルヘルミーネ様!?」

「そんな馬鹿な!?」

パーシーや、グレンを包囲していた重騎士たちが驚愕《きょうがく》の声を上げた。

「こ、こんな……」

うめき、無様《ぶざま》に倒れたヴィルヘルミーネがもがく。息はあるが、兜《かぶと》を砕《くだ》かれた顔が己の血で汚れていた。

　エミリーがもう一撃を加えるべく、痛む手足を引き摺りながら、身体を起き上がらせる。鉄球はまだ手の中に握られていた。

　逃れようともがくヴィルヘルミーネだが、立ち上がることができず、その手足は虚《むな》しく地面を掻《か》く。整った眉《まゆ》は歪み、唇は震えていた。

「わ、わたくしが……!?　こんな……!!」

　血まみれの顔を染めるものは驚愕と恐怖の感情だ。

「終わりだ！」

　エミリーがもう一度跳んだ。振り上げられた鉄球が、重々しい音を鳴らす。

　倒れたヴィルヘルミーネにそれが叩き込まれるのと、彼女とエミリーの間にパーシーが割って入ったのはほぼ同時だった。

　金属の激突音ではなく、水音が鳴った。鋼の鉄球がヴィルヘルミーネを庇《かば》ったパーシーの肩口に食い込んでいた。

「ヴィルヘルミーネ様を救えっ!!」

　血反吐《ちへど》を吐きながら、パーシーは叫んだ。それ以上、喋《しゃべ》ることができず、声の代わりに大量の血を口から流す。

　その隙に、周りに集まった敵兵や重騎士が、ヴィルヘルミーネを引き摺り、退避する。

　足を折られたエミリーは追撃をかけることができない。

「エミリー様！」

グレンが嗄《か》れた声で叫び、足を引き摺り駆けてくるが、彼はヴィルヘルミーネを追撃しない。駆け寄りざま、エミリーにトドメを刺そうとした敵を一瞬で打ち倒す。

その時には、ヴィルヘルミーネの姿は敵兵にまぎれて消えていた。

「大丈夫ですか？　エミリー様？」

荒い息を吐きながら、グレンはエミリーを抱き起こす。

「阿呆《あほう》め……」

エミリーは苦々しく笑った。

「今のはミーネちゃんにトドメを刺しておくべきだろうが」

ヴィルヘルミーネが退却したことで、苦戦を強《し》いられていたサウスエンド守備隊が再び攻勢に転じた。指揮官を失い、混乱する敵を彼らの攻撃が蹴《け》散《ち》らしていく。

「しかし……」

グレンが困惑する。先程まで、信じがたい戦いぶりを見せていた男とは思えない情けない顔に、微笑《ほほえ》ましい気分になる。

攻勢に出た守備隊が数人の重騎士をエミリーの護衛に残して突き進む。指揮系統が乱れ、挟撃を受けた敵はもはやここに留まることもできない。

「まあ、いい。こういうのもありだ」

呟《つぶや》くと、エミリーは自分を抱くグレンの胸に頬《ほお》を寄せた。血と土で汚れた胸当てだが、ほのかに温かい気がする。

もはやそこは最前線ではなくなっていた。ヴェルンスト軍はラゲーネン本隊とサウスエンド守備隊の挟撃に、戦場の中央へと押し込まれている。

残された者は、エミリーたちと、護衛の重騎士。そして、瀕死《ひんし》のパーシーだけだ。

「……兄上」

己《おのれ》の流した血に沈むパーシーの目が動く。その顔は血の気を失い青白い。肩から胸までを叩き潰され確実に致命傷《ちめいしょう》を負っていた。いまだ意識があることに驚く。

「どうして、庇ったんですか。ヴィルヘルミーネを」

パーシーの瞳はグレンを見ていない。ヴィルヘルミーネが逃げ去った方向に虚《うつ》ろな眼差しが向けられていた。

「……ヴィルヘルミーネ様のために……正しいと思うことをしたまでだよ」

喋ると唇から血がこぼれた。呼吸に妙な音が混じっている。

「……あの方を……失えば……果たせない」

パーシーの身体が大きく震えた。ゆっくりと上げられた手を視線と同じ方に伸ばそうとする。しかし、震える腕はほとんど動かない。

「私の望みは……ヴィル……ヘルミー……ネ……」

かすれた声で敬愛した女の名を呼ぶ。

その手が地面に落ちた。

「偉そうにゴタクを並べておいて……。貴様も切り捨てられなかったのだろうが」

グレンの胸に抱かれたままエミリーは言った。

パーシーは応えない。ヴィルヘルミーネが逃げ去った方向を見詰めたままで、その瞳は光を失っていた。

「兄上が救った者は……」

ヴィルヘルミーネはパーシーを捨てていった。それを彼女が望んだのかどうかはわからない。パーシーも目的を果たしたと言える。だが、エミリーはそこに寂しさしか感じなかった。

主を失ったヴェルンスト軍に対し、ラゲーネン全軍の総攻撃が始まっていた。

撤退に入る敵軍の姿が見える。もはや、ラゲーネン王国の勝利は疑いようがない。

エピローグ

生い茂る葉の隙間《すきま》から爽《さわ》やかな陽光が降りそそぐ。木々の間を抜けていく草の香に満ちた風が、汗に濡《ぬ》れた身体《からだ》を撫《な》でていくのを心地よく感じながらも、エミリーは自分の体力が著《いちじる》しく低下していることに苛立《いらだ》ちと情けなさを感じていた。

ドレスでも鎧《よろい》でもなく、綿の上着とズボンという身軽な姿で、彼女は森の小道を行く。ほとんど獣道《けものみち》のような場所だが、かつて歩き慣れた道でもあった。

秋の味覚を探しに徘徊《はいかい》し、侍女《じじょ》の下着を盗んでは徘徊し、お付きの口うるさい年寄りから逃げ隠れしては、やはり徘徊したような場所だ。

足を止めて、荒い息をつく。ここ一年ほど、簡単な鍛錬《たんれん》以外は身体を動かす機会がなかった。とはいえ、これほどに体力が低下していることには焦《あせ》りすら感じる。もしかして、太ったりはしていないだろうかと、腹を触っている自分に気づいた。

頭を振り、嫌な想像を振り払うと、額《ひたい》から流れてくる汗を手の甲で拭《ぬぐ》う。汗の雫《しずく》を打ち払いながら、金の長髪を振り乱して、彼女は後ろを振り向いた。

「……お、お待ち……ください。エミリー様」

よろよろと歩いてくる二人の少女がいる。

木々の水気が蒸発し、蒸《む》し暑い森の中で、墨色《すみいろ》の修道服をきっちり着込み、息も絶え絶えに歩いているのは、ロッティだ。生真面目《きまじめ》なのか、気づいてもいないのか、袖《そで》もまくらず、裾《すそ》も上げず、おぼつかない足取りで後を追ってきていた。

その後ろには彼女と対照的に、袖をまくり、裾もたくし上げて、誰かが見たら『姫教育だ！』と叫びそうないでたちで続くヘーゼルの姿もある。時折、空を仰《あお》いでは何かブツブツと言っているあたり、彼女もかなり疲弊《ひへい》しているのだろう。

「やれやれ。もうバテているのか」

自分のことを棚に上げつつ、エミリーは得意げに言う。とはいえ、まだ彼女の方が体力に余裕があるのは事実だ。

「し、しかたないですよ……。それに、エミリー様、こんな山道だなんて……」

言葉がまとまらず、大きく喘《あえ》ぐ。ロッティの汗ばみ、紅潮《こうちょう》した頬を見ると、何か色々虐《いじ》めてみたくなってきた。

「そうだな……。妾《わらわ》が悪かった」

「いえ……。そんな、悪いなんて……。あの……」

「ここは一休みしなくてはいかんな。山小屋などで」

「あるんですか？」

ロッティが顔を輝かせ、周囲を見回す。

「雨に濡れるべきだな。雨に濡れたロッティを妾が山小屋に誘い込……いや、運び込むのだ」

「あ、雨なんて降りそうには見えませんよ」

木々の間から見える空は抜けるような夏の青空だ。

「そしてな、ロッティ！　ビショ濡れだから、もはや妾はお前を脱がすしかあるまい！　こんなところで風邪《かぜ》をひいたら……ひいたら！　そう、命に関わる」

エミリーの指先が怪しく動く。

「ふ、降ってません！　晴れです！　晴れですから！」

「ならば妾がビショビショにするまでよ！」

エミリーが跳びかかる。逃げようとしたが、無論、『鉄球王』から逃れることができるわけもない。後ろから羽交い絞めにし、胸を揉《も》んで、ヘソあたりを撫《な》でる。

「エ、エミリー様……！　や、やめ……ひ、ひぁ……！　エミリー様、そこは……ひんっ！」

「ふーははは！　もう湿っているな！　汗で」

「た、助けてヘーゼル！　御願い、助けてえ！」

ロッティが必死に叫ぶ横で、ヘーゼルは手を扇《おうぎ》にして首筋を扇《あお》いでいた。

「ふー。風が気持ちいいですね。エミリー様も、御変わりないようで何よりですよー」

「変わってほしいところもありました！　エミリー様、そこだけは……そこだけは！」

「未来永劫《えいごう》変わるものか！」

とりあえず断言して、しばらくロッティが心地よい声で鳴くのに聞き入る。森の中で聞くそれは、小鳥のさえずりのようで、いかにも趣《おもむき》がある。

変わらないと言われたが、実のところ、ほっとしていたのはエミリーだった。

ロッティやヘーゼルと会うのは実に一年ぶりだ。ヴェルンストへの戦《いくさ》の前、再会を約束しながら、終戦後は怪我《けが》の療養と、王として山積みの執務《しつむ》に追われ、彼女らと再会することはこの日までできなかった。

ロッティもヘーゼルも変わっていない。ロッティは相変わらず、優しく、何よりもこうして弄《いじ》ると、とても楽しい。

戦争が終わり、婚約の話が進んでいるはずのヘーゼルがいまだ何食わぬ顔で修道院にいる理由に関しては、後で問い詰めようと思っている。

しばらくロッティに悪戯《いたずら》をし続け、体力と共に貴重な何かを吸収したあたりで、エミリーはもう一度歩き出した。鼻歌を歌いながら大股《おおまた》で歩くエミリーについてくるロッティはより憔悴《しょうすい》して見えたが、どうせすぐに元気になることはわかっていた。

少し歩くと森が開けた。

腰に手を当てて懐かしい城壁を見上げる。もはや住むものもいないそこは以前より荒れ果てて見えた。苔《こけ》や草の生えた城壁の中に、砕かれ、ぽっかりと穴を開けた城門があった。

「ここが……」

「おう。ここが妾の古巣だ。王宮を第一の故郷、修道院を第三とすれば、ちょうど第二の故郷とでも呼んでやるか」

そこはかつて、エミリーが王宮の権力争いを逃れ、臣下《しんか》たちと共に移り住んだ古い城砦《じょうさい》だ。今でも、そこかしこにかつての幻《まぼろし》を見ることができる。見張り塔には兵たちの姿が、城門にはそこを出入りする侍女《じじょ》たちもいる。口うるさい爺《じじい》と、ロッティなみに弄ると楽しい侍女や護衛騎士たちも見えた。

「さあ。行くぞ」

努めて明るく言うと、エミリーは城門を抜け、中庭に出た。ロッティやヘーゼルは何も言わずについてくる。

二年以上の月日は残された血の跡を完全に洗い落としていた。

中庭を少し歩けば、穴の空いた屋敷の壁がある。それを背にして、いくつも土が盛られていた。まばらに草が茂る土塊《つちくれ》のひとつひとつに、木の枝が立てられている。その中心には錆《さ》びついた鉄の棒が一本、佇《たたず》んでいた。朽《く》ち始めた棒は流れた二年の月日をいやが応にも感じさせる。

かつての臣下たちの墓標だ。

ほとんどの遺体はここに埋められていない。エミリーが一度埋葬したものは、遺族に引き渡されるべく掘り起こされていた。

「ここが、妾の始まりの場所だ」

誰に聞かせるでもなく言った。

遺体がなくとも、エミリーにとって、彼らの墓標はやはりここだと思う。

愚《おろ》かだった自分のために、命を投げ出し、殺されていった臣下たちの顔はいまだ全て思い出すことができる。彼らのための祈りは動けなかった数日を除き、欠かしていない。

途中の道で摘《つ》んできた花を少しずつ墓標に捧《ささ》げていく。

……よく護ってくれたな。

声には出さずに言った。エミリーが今、ここに戻ってくることができたのは、彼らのおかげだ。彼らがいなければ、あの時既に、エミリーは死んでいた。

しばらくの間、エミリーは無言で目を閉じた。

森の小鳥たちのさえずりの中に、失われた皆の声が混じっている気がした。

「平和になって……本当によかったですね」

遠慮がちに、ロッティが言う。

「多くの者を失ってしまったがな」

深く頷《うなず》きながらも、エミリーの表情は寂しげだった。

少なくともこの国は以前よりもよくなっている。これ以上、命を奪われる者が出ないことは、本当に嬉しいことだ。ただ、その平和が多くの犠牲《ぎせい》のもとに成り立つことを忘れることなどできない。

「妾たちは平和を手にした。だが、ヴェルンストは健在だ。難攻不落《なんこうふらく》のロドンを取り戻すことは容易ではない。河岸要塞《かがんようさい》の復旧の目処《めど》も立っていないしな」

「……後者はエミリー様が壊したと聞いていますよ」

「まあ、そういうこともある！」

咳払《せきばら》いした。河岸要塞は崩壊したが、侵攻軍が半壊したヴェルンストがそうそう第二の侵攻を行うことはできないだろう。とはいえ、復旧を急がなくてはならないことに変わりはない。

「そもそも、今頃になって、妾の王位継承を不当などと言う連中がいるのが腹立たしい。いまだ半島派だのなんだのと、やかましい奴らはいるしなあ」

「半島派はエルネスト様が乱暴なやり方で収めていると聞いていますよ？」

「猿だから乱暴にしかできないんだ。まあ、らしくていいかもしれんがな」

とはいえ、温厚かつ冷静な老レイクサイド侯の亡き今、色々きな臭い話も聞く。何かあるかもしれないと考えると、気が重い。

「そういえば、戦が終わった後、あいつ、半死半生でおもしろかったな。『母上ぇぇ』とか口走ってたという噂《うわさ》もあるぞ」

「エミリー様も右手右足骨折していましたよね」

「奴と違って、命に別状はなかったのだ。同じにしてもらっては困るな」

腕を組み、得意げに笑って見せると、どういうわけかロッティがおろおろとしていた。

「まあ、あれからミーネちゃんは病床らしいぞ。実に儚《はかな》い奴め。しばらく、侵攻がないことだけは確かだろう」

そして、諸侯間の軋轢《あつれき》は戦前よりも減っている。共に戦へ臨んだことが連帯感を強めたのだと考えるのはあまりに安易かもしれず、事実は領地の復興に時間を割《さ》かれ、それどころではないということかもしれない。

激戦を潜り抜け、生き残ったベレスフォード公や、ジェファーソン伯がエミリーを支持していることが反対勢力諸侯への大きな抑止力となっていることも確かだ。

未《いま》だ火種が燻《くすぶ》ることは避けようのない事実だが、ラゲーネン王国は少しずつ平穏を取り戻しつつあった。

「でも……グレン様は……」

ロッティがポツリと言った。

「ノーフォーク公爵家《こうしやくけ》の解体はしかたがなかった」

納得はしているものの、溜息《ためいき》は出てしまう。

「パーシーがやったこととはいえ、王殺しの罪は償《つぐな》わなければならなかった。たとえ、奴にヴェルンスト戦での功績があったとしてもな」

ロッティは何も言うことができない。

ノーフォーク公爵家は戦後解体され、広大な領土は参戦した諸侯へ恩賞として分与された。

エミリーが憎み、後に最も頼りとしたノーフォーク公爵家はもう存在しない。

この一年でも色々なことがあった。

辛《つら》い別れもある。

彼女は懐かしむように顔を上げた。

「エミリー!!」

視線の先、城門の方から声がした。

数人の人影が連れ立ってくる。その先頭に、エミリーを指差し、肩を怒らせる少年がいた。大甲冑《だいかっちゅう》で武装し、短い槍《やり》を携《たずさ》えた少年は、黒髪を乱しながら何か吼《ほ》えていた。

胸に刻まれた向かい合う竜の紋章《もんしょう》は、かつてノーフォーク公爵家の紋章だったものだ。面頬《めんぼお》を上げて文句を言っている少年の顔を見て、エミリーは頬《ほお》を綻《ほころ》ばせた。

「よく来たな！　グレン！」

「よく来たな！　……じゃないですよ！」

怒る彼の後ろに二人の重騎士が並んでいた。

三つ編みにまとめた髪を揺らし、大型の盾《たて》を下げたセリーナと、大甲冑も着けずにヘラヘラと軽薄に笑うリカードだ。

「森を歩くのは危険だからちゃんと一緒にいてくださいって言ったのに、どうして先に先に、行くんですか！　朝起きたらいないとか、どういうことですか！　セリーナさんもリカードも口裏合わせているし……！」

「おいおい……。遅れてきてその言い草か？　そのぐらい予期しないと、護衛騎士など務まらんぞ」

エミリーは肩をすくめる。

「味方が嘘《うそ》ついてるなんて誰が思うんです！　というよりも、嘘をついたのが、護衛対象とか、ありえないだろ！　エミリーっ！」

頭に血が昇ったのか、地団太《じだんだ》を踏む。

「あー？　貴様、さっきからまた呼び捨てだな」

エミリーはふんぞり返り、鼻息荒く言う。

「一介《いっかい》の騎士風情《ふぜい》が、このラゲーネン国王エミリー・ガストン・ラングリッジに意見とはな！身のほど知らずも甚《はなは》だしい！」

「知るか！　主に意見するのも護衛騎士の役割だ！」

グレンが詰め寄ってきた。伸ばされた手を軽く払ってのける。

「……もはや、公爵でもなんでもないくせに。処刑になるところを、妾《わらわ》が命を拾ってやったうえに、こうして騎士階級に返り咲かせてやったのに……」

「それとこれとは話が別だろ！　感謝はしていますが」

「ああ……。妾に逆らえば、王都にいる貴様の妹がどんな目にあうのか……」

「……こ、この!?　エミリー！　お前、悪党みたいなこと言うな！」

「また、呼び捨てにする……」

呆《あき》れて溜息をつく。

口にしたとおり、今のグレンは、エミリーの権限と、ヴェルンストとの戦での功績《こうせき》を称《たた》え、重騎士の階級を与えられている。本来、ノーフォーク家を継ぐはずだった男の地位ではないが、こればかりはしかたなかった。リカードと共に、最近はエミリーの護衛に励んでいる。脅迫《きょうはく》の種として活用してはいるが、グレンの妹、アンも王都で特に不自由のない生活を送っていた。

姫教育、御仕置きと口うるさいのは相変わらずだ。
「感謝されこそしても……恨まれる覚えはないのだがなあ」
剣呑《けんのん》な空気をかもし出してみると、見ているロッティがまたオロオロとしていた。
「感謝はしていますが、そういう性癖《せいへき》を認めた覚えはありません。女王教育こそ、我が使命です」
堂々と言い切った。
「さあ、どうぞ。お尻《しり》をお出しください。本日のペシンを奏《かな》でましょう」
「奏でるな！　貴様はほんとに……」
呆れた顔で、セリーナに同意を求めてみるものの、彼女はいつもどおり表情を変えず、助け
舟もよこしてくれない。
「ふん。グレン。貴様などに妾の教育が務まるものか」
吐き捨てる。
「妾はしっかりと覚えているぞ。この『鉄球王』があれだけの傷を負いながら、ミーネちゃん
を撤退《てったい》に追い込んだ直後、ほとんど無傷の分際で、へたり込んだ貴様の雄姿《ゆうし》！　お前、戦場の
ド真ん中でバテて目を回す奴がいるか？」
「た、確かに俺は、その……。この体力のなさは……恥じていますし。いまだ、エミリー様や
リカードに及ばないことは……。いやしかし！　エミリー様も骨折で動けなくなってたじゃな
いですか！」

「ふふん。ほとんど傷もないくせに動けなかった貴様と、満身創痍《まんしんそうい》極まっていた妾を同じにするのか！」

得意げに語りながら、袖《そで》を捲《まく》り上げる。白い肌に肉の盛り上がった生々しい傷跡が残る。

「言っておくが、骨が飛び出していたのだぞ！　骨が！」

満面の笑みで言った。

「エ、エミリー様!?」

ロッティが悲鳴を上げた。顔が青い。

それを見て、エミリーの中で、嗜虐心《しぎやくしん》がみるみる盛り上がってくる。

「そうそう。古傷と言えば、貴様に受けた矢傷も、しっかり残っているぞ。リカード」

「うははは。まあまあ。僕も今回、色々大怪我負って、傷を増やしたわけですし。ご勘弁《かんべん》を。馬の一発で骨が何本折れていたことか」

リカードも、話を聞いているだけでガタガタと震えるロッティをチラチラと横目で観察している。わかってやっているのだろう。

「まあ、実際。味方の重騎士の支援がなければ、本気で死んでましたしね。ふふふ。グレンに両手両足を抉《えぐ》られるわ、ミーネちゃんに斧を叩き込まれるわ、変な馬には蹴られるわ……。どうです？　エミリー様。この勝負、僕の勝ちでは？」

「私などは戦場で意識を失っていたのにも拘《かかわ》らず助かりました。傷ということでは、腕も動きません」

表情も変えずにセリーナが歩み出た。

「……やめてください。怪我自慢は、やめてください。エ、エミリー様」

ロッティが悲痛な声を上げる。痛い話に慣れていないのだろう。唇《くちびる》まで青くして座り込み、上目遣《うわめづか》いに懇願《こんがん》する姿に、エミリーは今日一日を快適に過ごせるだけの活力を得た気がした。

そんなロッティの困る姿を見て、エミリーは突然思い出す。出撃前に、ロッティと交わした約束が果たされていない。

「おう！　そうだ！　ロッティの前でグレンの唇を奪うはずだった！」

ロッティが目を丸くし、グレンがポカンと口を開けた。

その隙に彼の首に手を回せば、ロッティが耳までを赤くする。

「エ、エ、エミリーッ!?」

グレンの声がおもしろいほどに裏返った。大甲冑《だいかっちゅう》の腕力で突き飛ばせばいいのに、硬直した身体は動かない。

「こ、こ、こういうのはよくないぞ！　ダメなんだぞ！」

言語が色々後退していた。

「妾とて……戯《たわむ》れのみでするわけではない……」

呟《つぶや》き、視線を逸《そ》らしながら吐息した。グレンの身体がビクリと震えた。

「こんな言い方ばかりですまない……。お前が、妾を呼び捨てるの、嫌いではないんだ」

「しょ、しょ、正気を……正気……!?」

「正気だとも……。でも、妾は……」

そう言いながらグレンの胸当てに頬《ほお》を寄せる。戦場で彼に抱きかかえられた時のことを思い出すと、耳が熱くなってきた。ロッティが何か叫んでいたが、無視する。手を叩いて大喜びしているのは、ヘーゼルあたりだろうか。

おそらく顔が赤くなっていることも、演技としてはちょうどいいと納得しながら、顔を上げる。

「グレン。初めてだから……恥ずかしくて……」

そこまで言って言葉が止まった。

グレンはしっかりと目を閉じていた。抱き寄せた身体が時々、震える。

エミリーは自分の心臓がやけに大きく打ち鳴っていることに気づく。

頭が熱く、思考がぼやけてくる。

自然と唇を近づけていた。

「おわあっ!?　こ、この阿呆！」

我に返り、グレンの頭を目一杯引っぱたくと、兜《かぶと》がやけにいい音を立てた。

「あ、あ痛っ!?」

「本気にする馬鹿がいるか！　目を閉じるな！　阿呆！　死ね！　漏らして死ねっ！」

身を離してまくしたてる。今、自分が何をしようとしていたか気づくと、ますます顔が赤くなっていく。

「そ、そんな死に方ないでしょ!?」

「うるさい！　問題はそこじゃない！　阿呆！」

「あんまりです！　エミリー様！」

そこにロッティが飛びついてきた。涙を浮かべた彼女がエミリーの肩を摑《つか》み、ガクガクと揺さぶる。

「そんな遊び半分でグレン様を……。く、唇を……！　弄《もてあそ》ぶなんて、そんなの……！　ダメですー！」

「落ち着け！」

必死にロッティを引き剝がして後ずさる。

「も、弄ばれていたのか。俺は!?」

「ふはははーっ！　弄んでやったのだ！　この『鉄球王』が！」

エミリーはヤケクソ気味に叫んでいた。

「そして、さらに遊ぶ！　行け！　セリーナ、リカード！」

セリーナが無言でグレンの右手を押さえた。

「え、おい」

「御命令のままに！　エミリー様！」

間髪をいれず、リカードが左手をしっかりと摑む。

「お、おい！　リカード！」

「うははは！　忠誠心溢《あふ》れる騎士ここにありというわけだよ。グレン」

グレンは必死に抵抗するが、二人に押さえつけられたまま、地面に押し倒された。大甲冑を着けていないリカードはどこからか取り出した縄《なわ》でグレンの腕を器用に拘束している。

「さあ！　ヘーゼルよ！　ここでグレンを脱がし、ロッティに与えることを許す！」

「はいはい。待ち望んでました」

ヘーゼルがリカードと目配せし、脱がしにかかった。

「待ち望むなーっ！」

「待ち望んでなんていません！」

グレンとロッティの悲鳴が重なったが、そんなものを気にするわけもない。

エミリーは彼らの悲鳴を心地よく聞きながら、背を向けた。火照《ほて》ってしまった頬が風に冷やされ、心地いい。

並ぶ墓標を見詰める。

まだまだラゲーネンの未来が明るいとは言いがたい。戦の傷跡は深く、国内にも国外にも多くの問題を抱えたままだ。

それでも、グレンを始め、ここにいる者たちの力があれば、そして、あの戦で一つにまとまったラゲーネンの諸侯たちの力を束《たば》ねれば、不可能はないと思う。彼ら全てがエミリーにとって大切な護るべき者たちだ。

そして、志半《こころざしなか》ばでこの世を去っていった者たちがいてくれたからこそ、エミリーはここに戻ってくることができた。

雲ひとつない青い空を見上げて、失われた者たちを思う。

自分を護るために死んでいった偉大な老騎士や、臣下《しんか》たちのことを。

そして、自分などよりも王として相応《ふさわ》しかっただろう、優しく強い弟の姿を。

だが、これからはこの掌《てのひら》から、グレンたちと重ね合わせた掌から、誰一人こぼしはしない。

弟が歩みきることができなかった王としての道を、自分らしく、彼に近づくことができるように歩んでいきたい。

……だから、見守っていてくれ。

心の中で呟き、グレンたちを振り向いて、エミリーは微笑んだ。

後《のち》のラゲーネン王国史において第二ラングリッジ王朝と呼ばれる時代が幕を開ける。

その初代女王『鉄球王』エミリーの傍らには、常に『盾』の名を持つ重騎士の姿があった。

あとがき

お久しぶりです。八《や》薙玉造《なぎたまぞう》です。大変お待たせいたしましたが、『鉄球姫《てっきゅうき》エミリー』シリーズ完結編『鉄球王エミリー』をお届けします。

二作目、『修道女エミリー』のプロットを立てた時、大まかではありますが、考えていた結末まで書き上げることができました。何の経験もなく、まだまだ若輩《じゃくはい》の僕がここまで辿《たど》りつき、エミリーの物語を完結させることができたのは本当に幸せなことだと思います。

これはひとえに、描き手のことを考えていない投げっ放しの設定に、凄《すさ》まじいイラストを返してくれた瀬之本《せのもと》さん、いつも的確かつアバウトという矛盾《むじゅん》をはらんだアドバイスをくれた担当の三輪さん、出版に関係していただいた皆様、そして、応援してくださった読者の皆さんのおかげです。ついでに、デビュー前から、今に至るまで、いい加減なことばかり、僕に吹き込んでくれる友人たちにも感謝を。

僕一人ではエミリーはもっと、地味でつまらないお話になって、完結になど辿りつくことはできなかったと思います。本当にありがとうございました。

エミリーの結末は二つ考えていました。ちょうど、本作の結末の真逆の内容が、もうひとつの結末です。そちらもお話としての道理は通っていると思い、プロットを立てる時にかなり悩んだのですが、結果的に、こういう結末になりました。
無論、異論はあると思いますし、その理由も、僕は納得できます。
ただ、僕はエミリーの旅の結末を、この形に落ち着けたいと思いました。お読みいただいた皆さんが、その結果を受け入れてくだされば、それに勝る喜びはありません。
そして、あとがきだというのに、真面目《まじめ》なことを書き続けてしまって、なんだかもう、こんなのエミリーじゃないんじゃない!?　という気分にもなってきたので、最後に。

「ぐははー!　粗チン、粗チン!　かわいそうだが、愛してやろう!　やったな!」

やったね!?　それでは、また!!

校正を終えたばかりの　八薙玉造

追伸になりますが、新シリーズの製作を始めています。エミリーとは少し毛色の違う、でも、やはり腕力は凄《すご》い(物理的に)そんなお話になると思います。近いうちにお届けすることができると思いますので、御一読いただければ、見てでかわいそうになるぐらい喜びます。

おつかれ様でした！ 瀬之本

エミリーは初のラノベの仕事であり、
個人的にラノベのイラストって仕事は
子供の頃からの憧れでしたから
第一巻作画の時は
『自分が読者の時はどういうイラストが
あれば話に入り込みやすかったか？』
…とかあれこれ考えたりして
ました。　手探りでの作業は
本当に久々だったので
楽しかったです。
またいつかラングリッジの
空の下か別の世界で
お会いできる事を
願いつつ…
再見。

P.S
八薙サン、また関東にいらっしゃった時は
新しい土下座テク開発して遊びに
行きますんで写メ構えてまってて下さい。

この作品の感想をお寄せください。

あて先　〒101－8050
東京都千代田区一ツ橋2－5－10
集英社　スーパーダッシュ文庫編集部気付

八薙玉造先生

瀬之本久史先生

鉄球王エミリー

鉄球姫エミリー第五幕

八薙玉造

集英社スーパーダッシュ文庫

2009年5月27日　第1刷発行

★定価はカバーに表示してあります

発行者

太田富雄

発行所

株式会社 集英社

〒101－8050　東京都千代田区一ツ橋2－5－10
03(3239)5263(編集)
03(3230)6393(販売)・03(3230)6080(読者係)

印刷所

凸版印刷株式会社

ISBN978－4－08－630486－3　C0193

Printed in Japan